陶文鹏 著

苏轼诗词艺术十讲

中国出版集团有限公司
华文出版社

图书在版编目（CIP）数据

苏轼诗词艺术十讲 / 陶文鹏著. -- 北京 : 华文出版社, 2024.10. -- ISBN 978-7-5075-5832-6

Ⅰ. I207.2

中国国家版本馆CIP数据核字第20249MF220号

苏轼诗词艺术十讲

著　　者：	陶文鹏
责任编辑：	吴文娟
出版发行：	华文出版社
地　　址：	北京市西城区广安门外大街 305 号 8 区 2 号楼
电　　话：	总 编 室 010-58336239　发 行 部 010-58336267
	责任编辑 010-58336192
邮政编码：	100055
网　　址：	http://www.hwcbs.cn
经　　销：	新华书店
印　　刷：	三河市航远印刷有限公司
开　　本：	889mm×1194mm　1/32
印　　张：	7.75
字　　数：	180 千字
版　　次：	2024 年 10 月第 1 版
印　　次：	2024 年 10 月第 1 次印刷
标准书号：	ISBN 978-7-5075-5832-6
定　　价：	58.00 元

版权所有，侵权必究

序（2001年版）

文鹏先生于1978年秋进入中国社会科学院学习与工作，我恰于是年春调离南下，参商暌违，冀北江南，同事之缘，失之交臂。然而，他从八十年代起陆续发表的有关苏轼的论文，却引起我密切的注意与浓厚的兴趣，这不仅因为我们有着共同的研究课题，同道愿意相谋，自是情理之中；而且就我个人而言，既想探索绝世全才苏轼所创造的文化世界的底蕴，也热心追究后人心目中各具面目的苏东坡，传记作者自然会在自己的劳作中融注主观理念和个性，像林语堂的《苏东坡传》，传主就时时闪动着他名士式的身影，而研究者们不同的学术旨趣和特色，也颇堪琢磨，以汲取教益。初步接触陶先生的治苏论文，就被他严肃求索的一份真诚所感动，他的不少新见解、新提法也促使我进一步思考。

我原先只读过陶先生的个别篇章，留下的印象不免断续而不连贯。现在有机会把他的十篇论文通读一过，他治苏的特点就显得更加突出了。这些文字虽似无事先的统一规划，但都集中于一点,即对苏轼诗词艺术的美学观照,这可谓抓住了苏轼作为文学家的一个核心命题。作者对这个命题的开掘与钻研,不求面面俱到,四处出击,而主要集中在诗画关系和自然山水两个专题上;而在展开这两个专题时,又紧紧围绕苏轼的理论思想与诗词创作的两个层面,两者虽各自成文而又互为表里,彼此印证,使理论探讨与作品分析有机统一。因而全书具有一种内在的整体感,有利于推进论证的深入,丰富了学术含量,使之优入著作之林。

应该承认,研究苏轼的诗画理论与自然观是有不小难度的。第一,前人在这两个专题上已有不俗的研究成果,如何更上层楼,并非易事;第二,苏轼本人的文艺思想材料大都片断、零碎,散见于笔记、题跋、书简乃至策论、诗词等各体文类,纷繁无序。陶先生凭借其扎实的理论功底和敏锐的思辨能力,善于把问题放在中外文艺史的背景中加以考察,结合苏轼的创作实践,略人之所详言,发人之所未言,力避低水平的重复,而坚持自己的独立学术追求。他努力从"味摩诘之诗,诗中有画;观摩诘之画,画中有诗""赋诗必此诗,定知非诗人""诗画本一律,天工与清新"等耳熟能详的论艺名言中发掘新意余蕴;他论苏轼的"形神"之说,指出苏轼能把传统的"传神说"与"意境说"结合起来,乃是一大发展;论苏轼的"留意"与"寓意"对举,能拈出康德、王国维等人的相关论说加以对勘比较，等等，都颇能益人神智，发人深思。《论苏轼的自然诗观》突出表现作者驾驭和组织片段思想材料的能力。苏轼是一位作家，同时又是一位文学理论家和批评家。他虽然没有留下多少文艺专论，只有碎金片玉，散落各处，但其中却蕴含着十分深刻的美学思想。他的文艺批评，文约义丰，片言居要，却以一定的理论思想为支撑。尤其在他的大量山水诗词作品中，更记录着他具体深切的审美体悟，反映其丰富精辟的文艺思想。陶先生用的是这类片段材料，依其内在逻辑，"百衲"成篇，令人信服地给出了苏轼"自然诗观"的整体构架，揭示出确实存在的"潜体系"。

如果说，陶先生对苏轼诗画理论和自然诗观的研究，好比老树着新花的话，那么，他对苏轼人物诗和哲理词的探讨，就是新品种的开发与培育了。流行的文学观念认定文学的基本特质是抒情性和形象性，这对我国古代诗词来说，当然更是如此。"诗缘情而绮靡"（《文赋》），"簸弄风月，陶写性情，词婉于诗"（《词源》），已是经典性的话语，甚至演为套语常谈。然而，从文学作品内容构成的要素而言，则情、景、事、理四端实缺一不可。清人史震林《华阳散稿·序》云："诗文之道有四：理、事、情、景而已。理有理趣，事有事趣，情有情趣，景有景趣。趣者，生气与灵机也。"因而除了抒情、写景，在叙事和说理中也一样能酿造出具有艺术特性的事趣和理趣,从而成为审美对象。这对苏轼和宋代文学研究的开拓与深化,具有特殊的意义。本书的《论苏轼诗塑造人物形象的艺术》《论东坡哲理词》等文,就提供了具体的证明,正是文学观念合理调整后的产物。

近年来,饶宗颐先生提出"形上诗""形上词"的命题。他不仅从中西诗学传统上予以理论上的论说,认为这类"再现形而上旨意"的新诗体、新词体,其存在和发展是合理的,也是必然的,还特别指出"中国说理诗,乃至宋代才有相当地位",此实乃关涉到对宋诗宋词的时代特征的理解和把握;同时,饶先生身体力行,创作了一批意趣隽永、思致深刻、耐人咀嚼的优秀"形上词"。施议对先生已有多篇论文推介,是很及时的。陶先生则着力分析苏词中所表达的人生哲理,苏轼对祸福、荣辱、生死的理性思考,对人生的短暂与永恒、虚幻与实在、形相与底蕴、意义与价值的感受,并仔细剖析他创造哲理意境的五种途径。分析切实,论证周密,为"形上词"说提供了一个生动的个案。谈到诗词中的叙事性,诚然,比起西洋文学,我国长篇叙事诗不够发达,但不能忽视抒情诗词中的叙事要素。众所周知,况周颐曾秉承王鹏运的见解,提出"重、拙、大"之说,成为词学理论中的一个重要观念。在他晚年所编《历代词人考略》卷八"柳永"条后按语中,又提出补加一个"宽"字:"'作词有三要,重、拙、大'，吾读屯田词，又得一字曰'宽'。……向来行文之法，最忌平铺直叙，屯田却以铺叙擅场，求之两宋词人，正复不能有二。"况氏的"宽"字诀，是对词的叙述艺术某一境界的概括和总结，对"六义"之一"赋"法的补充与发挥。探究宋代诗词艺术，这实是一个很有学术生长点的研究视野。陶先生专力研究苏诗中的人物形象的塑造，从近二百首苏诗中分析其人物诗的一般特点，对其叙事与抒情的结合，以写照传神为旨归等，均有会心之处。即使在论及苏轼写景词时，也注意到线状铺叙法与环状、块状铺叙法的差异。铺叙当然与情、景、事、理都有关系，但究以叙事（故事、人物）为重点。本书对诗词中叙事性的研究成果，在目前学术界似尚属少见，我想会引起重视的。

苏轼所创造的文化世界是如此深邃精妙，绚丽诱人，虽已有许多论著问世，却未达到穷尽的地步。陶先生的学术素养和艺术感悟，为他提供了继续精进的良好条件。他表示要进一步努力，写出"有新意有深度"的苏学著作，我乐观其成，相信他一定能为这个研究领域再添光彩！

王水照

2001年2月于复旦大学

目 录

序（2001年版）　王水照　／001

第一讲　论苏轼的"诗画同异说"　／001
第二讲　论苏轼的自然诗观　／030
第三讲　苏轼论艺术风格　／070
第四讲　谈苏轼的题画诗　／096
第五讲　论苏轼诗中的自然山水动态美　／106
第六讲　苏轼山水诗的谐趣、奇趣和理趣　／129
第七讲　苏轼山水诗的水墨写意画情趣　／143
第八讲　论苏轼诗塑造人物形象的艺术　／149
第九讲　论东坡词写景造境的艺术　／179
第十讲　论东坡哲理词　／208

后记　／233

第一讲

论苏轼的"诗画同异说"

关于诗和画的关系,它们有哪些共同点和各自的特殊性,这是美学及文艺理论的重要问题之一。在西方,从古希腊时代起,就有对于诗画关系的论述;以后,这一问题一直引起历代美学家和文艺理论家浓厚的兴趣。在我国古代文艺理论遗产的宝库中,对于诗画关系的考察,也积累了丰富、珍贵的资料。认真发掘、整理和研究这笔遗产,不仅有利于提高当代诗歌和绘画的创作水平,而且更是建设具有中国特色的马克思主义文艺理论之必需。从这个目的出发,本文想就北宋最卓越的文学艺术家苏轼对于诗和画关系的论说,作一些探讨。

一

为了认识苏轼的"诗画同异说"的来源及其历史地位,有必要简略叙述在苏轼以前,我国古代文艺理论对于诗画关系认识的发展情况。

在我国，诗和画这两种艺术早就发生了关系。战国时期，伟大的诗人屈原的四言长诗《天问》，据王逸《楚辞章句》卷三考证，就是一首观画题壁诗。诗中吟咏的许多神话传说和古史故事，就是根据壁画上的艺术形象描述的。汉代王延寿的《鲁灵光殿赋》，也用诗一样的语言，描写出宫殿壁画生动丰富的景物形象。

魏晋以后，山水画摆脱了作为人物画背景的从属地位，获得了独立。晋宋之间，文人们在诗中写山水，画里绘山水，就是书信往来也铺陈山水。山水诗的勃兴，使诗和画脉络相通，互相吸收。这时，出现了山水画的开山祖师顾恺之和山水诗人谢灵运。顾曾把曹植的《洛神赋》绘成图画。他同兰亭赋诗的诗人集团经常来往，诗画互答。而谢灵运也是一位画家。诗画关系的密切，便引起诗人和画家对于诗画共同和不同的艺术特点的探索和总结。顾恺之曾说："画手挥五弦易，目送飞鸿难。"（《世说新语·巧艺》）从艺术实践中体会绘画描摹人物一个动作比较容易，却难于展示人物持续进行的动作和丰富复杂的内心世界。西晋作家陆机说："丹青之兴，比雅颂之述作，美大业之馨香"，"宣物莫大于言，存形莫善于画"（张彦远《历代名画记》卷一《叙画之源流》引）。他不仅把诗和画作对照比较，而且明确地指出诗歌长于言志，绘画善于造型。这是关于诗画关系最早的考察。

唐代是我国诗歌发展史上的黄金时代。绘画方面，主流仍是人物画；山水画也飞跃发展。除了较成熟的青绿山水画派，还兴起了崇尚笔意、以线条为主的新山水画派。它们各以李思训和吴道子为代表，这就是张彦远所说的"密体"和"疏体"。诗人兼画家的人物大批涌现，著名的有薛稷、王维、郑虔、顾况、张志和、皎然、杜牧等。其中，王维创造了水墨山水画，被后世称为"南宗"即文人画派的创始者。在艺术实践中，他加强了画与诗的结合，文学与艺术的结合。伟大的诗人李白和杜甫也非常喜爱品画，写下了精彩的题画诗。但是诗和画的结合，在唐代主要是体现在创作实践中。除了张彦远曾说过"书画异名而同体"（《历代名画记》卷一《叙画之源流》引），殷璠评王维诗是"在泉为珠，著壁成绘"（《河岳英灵集》），很少有人对诗画的关系作理论的概括。

到了宋代，出现了我国人物画和山水画并盛、丹青与水墨交辉的景象。人物画家摆脱了外来的宗教影响，十分重视社会生活和风俗的描写，塑造了更多真实的、富有个性和生活气息的人物形象。绘画形式已由壁画变为可用于悬挂和展玩的卷轴、纨扇，从而更便于创作与鉴赏。山水画家郭熙提出了"三远一高"，完满地解决了体现自然山水的空间关系问题。山水画已达到高度成熟期，新兴的花鸟画也生气勃勃。这个时期的诗歌创作，特别是词，取得了几乎可以与唐诗相媲美的巨大成就。诗、画的大发展，必然引起诗画的大融合。宋代国家画院招生，把写景的诗句作为考试题目，使画家们学会运用诗的情思来塑象造境。宋徽宗时，蔡京执政，任命著名的书画家、苏轼的友人米芾作书画院院长，执行把画诗化的政策。而诗人们也普遍地在诗中追求画意，兼擅诗画的人比唐代更多，研究诗和画各自特点的诗话、画论大批涌现，文艺家对于诗画关系的理论探讨也十分热烈。诗人梅尧臣在《依韵和永叔再示》一诗中，写下了"文章制作如善塑"的名句，指出文学作品（包括诗歌）描绘事物应该像雕塑，给人以生动逼真，立体可触的形象感。文学家欧阳修写了一首《盘车图诗》，诗中说：

古画画意不画形，梅诗咏物无隐情。
忘形得意知者寡，不若见诗如见画。

欧阳修将诗和画并列论述，强调诗画结合，形意并重。他在《书画谱》中又说："萧条澹泊，此难画之意，画者得之，览者未必识也。故飞走迟速，意近之物易见，而闲和严静，趣远之心难形。若乃高下向背、远近重复，此画工之艺耳，非精鉴之事也。"精辟地指出绘画难于表现萧条澹泊的情调气氛和闲和严静的趣远之心。这对苏轼进一步探讨诗画的美学关系给予了重要影响。到了苏轼活跃于文坛的时候，许多诗人、画家和文艺批评家，都比较一致地强调指出诗和画异体同貌的特点。在当时的人们看来，诗和画简直是孪生姐妹，亲密难分。

在这样的历史条件下，精通诗、书、画的艺术巨匠苏轼，以其高超的艺术才能和敏锐的理论眼光，吸收、总结了前人和同时代人关于诗画关系的认识成果，并进一步多方面地、深入地考察诗画这两种艺术的特征，在他的诗文、序跋和书札中提出了内容丰富而有独创性的"诗画同异说"，在我国文艺理论批评史上，第一个全面、辩证地解决了诗画关系这一重要美学问题。

二

苏轼的"诗画同异说"首次揭示了诗画彼此相通、相互表现的关系。苏轼在《书摩诘蓝田烟雨图》中说："味摩诘之诗，诗中有画；观摩诘之画，画中有诗。"寥寥数语，精辟地道出了王维诗画艺术的奥秘。身兼诗人和画家的王维，在创作中常常把诗和画这两种艺术渗透、融合在一起。他的画饶有诗意。《辋川积雨图》当时就脍炙人口，可惜是壁画，早已毁坏失存。现存的《江山雪霁图》，笔墨洗练简约，有萧疏淡远之致,正如苏轼所说"摩诘得之于象外"(《王维吴道子画》),整个画幅呈现出同他的诗歌一样清幽孤寂的情趣、开阔深远的意境,很能引人联想。而王维的诗,却又富于画境。如:"漠漠水田飞白鹭,阴阴夏木啭黄鹂"(《积雨辋川庄作》),明显地吸取了绘画的色彩映衬和明暗对比;"泉声咽危石,日色冷青松"(《过香积寺》),出色地运用了声音与画面的配合;"大漠孤烟直,长河落日圆"(《使至塞上》),注意了线条的勾勒和构图的浑整统一;"白水明田外,碧峰出山后"(《新晴野望》),画出了景物的远近层次。真是"诗中有画""画中有诗"!读了王维的诗画作品,再来体味苏轼指出的这八个字,不能不惊叹精于诗画鉴赏的苏轼对王维诗画艺术的品评,确实见解独到,分析精当,言简意赅,深入浅出。

然而,苏轼这首题跋的意义和价值,绝不限于对王维诗画创作的精确品评上。它所表达的关于诗画彼此相通、互相吸收的见解,其美学思想意蕴相当丰富深刻。

各种艺术在长期创作实践和历史发展过程中,逐渐形成了各自不同的艺术特点。诗歌以语言为媒介塑造艺术形象;而语言本身是观念的、概括的。因此,诗所塑造的艺术形象不能直接作用于欣赏者的感官,只能借助于欣赏者的想象和联想唤起意象。绘画则是以线条、色彩等物质材料,塑造人们可以直接见到的平面形象。就形象的强烈直观性和可感触性而言，绘画优于诗歌。但绘画却较多地受到时间和空间的束缚。不能够像诗歌那样，借助于语言自由广阔地驰骋想象，淋漓尽致地抒情。诗和画各具独特的表现手段，各有长短，既不可互相取代，又不能绝对分家。艺术家在创作实践中，如果能够一方面注意到诗与画各自不同的特点；另一方面，又不把二者对立起来，而是让它们相互结合，在发挥自身艺术特点的同时，适当吸收借鉴对方表现手段的长处，就能丰富自己所从事的艺术形象创造，更有力地反映现实生活。苏轼提出"画中有诗"，同样地要求绘画尽量摆脱造型艺术受有限的时间和空间束缚的缺陷，吸收诗歌驰骋想象、自由抒情的长处，使景中含情，情景交融，形存画中，神余象外，从而激发欣赏者将画幅当作诗一样反复咀嚼回味。苏轼这首题跋所揭示的诗画相通的艺术原理，启发了宋代以及后代的诗人和画家更自觉地互取所长，互补所短，对于提高我国古代诗歌和绘画创作的艺术水平，扩大它们反映现实生活的范围和能力很有积极意义。

苏轼还进一步具体地指出诗和画在摹写物象、驰骋想象和创造意境等方面，怎样才能相辅相成、融会贯通。他说："诗在口，竹在手。"（《题赵屼屏风与可竹》）"平生好诗如好画"。（《郭祥正家醉画竹石壁上》）"少陵翰墨无形画，韩干丹青不语诗。"（《韩干马》）"韩生画马真是马，苏子作诗如见画。"(《韩幹马十四匹》)"古来画师非俗士,摹写物象略与诗人同。"(《欧阳少师令赋所蓄石屏》)"古来画师非俗士,妙想实与诗同出。龙眠居士本诗人,能使龙池飞霹雳。君虽不作丹青手,诗眼亦自工识拔。"(《次韵吴传正枯木歌》)"摩诘本诗老,佩芷袭芳荪。今观此壁画,亦若其诗清且敦。"(《王维吴道子画》)

  在以上论述诗画关系的诗句中,苏轼总结了前辈诗人画家的创作经验和自己赋诗作画的心得体会,指出实现"诗中有画""画中有诗"的方法。首先,他把杜甫诗和韩幹画作为典范。杜甫诗同王维诗一样,也饶有画意。明代学者杨慎说:"吴道玄则杜甫。"(《升庵外集》卷九十四《画品》)清代画家方薰也说:"读老杜入峡诸诗,苍凉幽回,便是吴生、王宰蜀中山水图。自来题画诗,亦惟此老使笔如画。"(《山静居画论》上卷)因此,苏轼把杜甫诗称为"无形画",告诉人们,要像杜甫那样,在诗中展现出画境。而韩幹画马,重视写生,曾在宫廷里画唐玄宗内厩"玉花骢""照夜白"等名马。他笔下的马,形象生动,有龙腾虎跃、雄骏飒爽的风采神态,时称独步。杜甫也称赞"韩幹画马,毫端有神"(《画马赞》)。所以,苏轼把韩幹的画叫作"不语诗",号召画家们向他学习,画出人物和事物的神情气韵,使画幅充满诗的意趣。其次,是介绍自己写诗的经验。正因为他"平生好诗如好画",所以他作诗时,正如韩幹画马时笔下出现栩栩真马一样,他眼前总好像浮现着一幅幅形象鲜明的图画,这是非常宝贵的经验之谈。这里一语道出了中国古典诗歌注重"视境"的直接展现、使所写景物清晰鲜明如在目前的传统表现方法。诗人如果能做到"作诗如见画",就可以避免概念化。苏轼的许多描写山水景物的诗篇,如《江上看山》《新滩》《饮湖上雨后初晴》《游径山》《白水山佛迹岩》等,以及他的大量品题山水画幅的诗,如《惠崇春江晚景》《书王定国烟江叠嶂图》《书李世南所画秋景》,等等,可以说就是运用这种艺术方法创作出的典范作品。他在这些诗篇中,极鲜明地展现出各种优美动人的画境,并抒发了诗人和画家悠然神往于画境中的丰富情趣,给予我们诗情画意的艺术享受。再次,苏轼总结了古代杰出画家的创作经验,指出要使绘画作品清新脱俗,画家也必须如同诗人那样带着强烈的感情摹写物象,并使想象和联想的奇妙的翅膀翱翔起来。最后,苏轼还通过对王维、李龙眠、文与可和吴传正的赞扬,提出画家最好能兼诗人,诗人最好也是画家,诗画兼擅,这样便能融会贯通,实现诗中有画,画中有诗。

　　苏轼上述关于诗和画相互渗透、相互吸收的美学见解,紧密地联系着创作和鉴赏的实际,很值得我们的新诗人和新国画家学习、借鉴。当前,我们的一些诗歌作品议论说理过多,写得干瘪枯燥,缺乏情景交融的诗情画意美。一些诗作者,不仅不能作画,而且对于绘画缺乏知识。而一些年轻的国画家,也不具备起码的诗歌和书法的艺术修养,无法继承和发扬我国绘画的优良传统,使诗、书、画熔于一炉。要克服这些艺术上的缺陷,难道不应该从苏轼的美学思想中吸收有益的营养、在诗画结合的道路上努力探索和实践吗?

三

由于宋代是诗画大融合的时期,因此当时的文艺家着重探讨诗和画的共同点。除了上引苏轼的"少陵翰墨无形画,韩干丹青不语诗",还有孔武仲、张舜民、黄庭坚、郭熙、释惠洪、钱鍪、周孚、孙绍远、杨公远、吴龙翰等人,或先或后地讲过类似的话①。关于诗是无形画或有声画,画是有形诗或无声诗的论断,成了宋代诗坛画苑的家常口语。可以说,强调诗和画的同一性,是宋代一个普遍的美学思想倾向。然而,如果仔细析别,我们便不难发觉绝大多数人对于诗画的共同性,不过是人云亦云地复述"诗是有声画,画是无声诗"这两句话,认识比较肤浅空泛。只有苏轼,从各个方面认真地对诗和画的共同点进行深入研究,明确提出二者共同遵循的艺术规律。这是一个创造性的理论发现。

苏轼《书鄢陵王主簿所画折枝》诗云：

　　论画以形似，见与儿童邻。赋诗必此诗，定非知诗人。诗画本一律，天工与清新。边鸾雀写生，赵昌花传神。何如此两幅，疏淡含精匀。谁言一点红，解寄无边春。

这里，苏轼鲜明地提出"诗画本一律"，在中国古代文艺批评史上，第一个对诗画关系作出了带有规律性的总结。诗和画都是艺术。艺术总是通过具体感性的、饱和着创作者思想感情的形象反映社会生活。这就是诗和画作为艺术共同具备的基本特征。苏轼能够透过大量的艺术现象，探本穷源，用一个"本"字，抓住并揭示了这个基本特征，认识十分深刻。诗和画既然都是以形象反映社会生活的，诗人和画家就必须共同遵循艺术规律来进行构思与创作。苏轼在长期、丰富的艺术创作实践中，深深地体会到诗、书、画反映社会生活的共同特点，察觉到这个客观的艺术规律，并天才地把他的发现表述出来。"诗画本一律，天工与清新"，指出诗和画共同的基本特征，就是要塑造巧夺天工的艺术形象，使作品清新活泼，激起欣赏者的思想感情的共鸣。这就抓住了艺术的本质。

苏轼还根据我国古代诗画创造艺术形象的传统审美标

准，指出诗和画都要求形神统一、着重传形之神的共同特点。"形"和"神"是我国古代文艺理论的两个独特的美学概念。研究二者的辩证关系，是传统美学重要的课题之一。注重传形之神，最初是古代人物画的品评标准。魏晋六朝，形成了人物画要传形之神的比较系统的艺术观念。唐宋时期，传神的运用范围由人物画扩大到山水画。由于很多诗人身兼画家在创作中自觉不自觉地将诗画融合，"传神"的要求进一步移用于诗歌[②]。这时，"神"的概念，已同六朝仅指客观事物的精神气质不同，而是兼指诗人和画家的主观精神，即具体的思想感情和独特的感受意趣。这二者在艺术形象中互相交融，便是"神似"境界。杜甫多次在诗中讲传神，但他未能指出诗和画在传神上相通。到了北宋，欧阳修首先在诗画对照中讨论"形"和"意"，即"形"和"神"的关系。苏轼发挥了欧阳修形神并重的见解，但他在从形神关系的角度来论证诗画共同性时，更着重地强调神似。"论画以形似，见与儿童邻"，表现了他对当时忽视神似的画风的强烈不满。他指出书画都应该"寓意于物"，而不可以"留意于物"（《宝绘堂记》）。他说："画工欲画无穷意"（《续丽人行》），赞扬李伯时和燕肃的画："龙眠独识殷勤处，画出阳关意外声"（《书林次中所得李伯时归去来、阳关二图后》），"燕公之笔浑然天成，粲然日新，已离画工之度数，而得诗人之清丽"（《跋蒲传正、燕公山水》)。他评论画马主要是"取其意气所到",而不能像低劣的画工那样,"只取鞭策皮毛槽枥刍秣,无一点俊发,看数尺许便倦"(《又跋汉杰画山》)。这都说明他提倡传神的绘画。他对诗歌神似的要求,包括两个方面:

第一,要求诗人像高明的画家那样,具有善于传形之神的"写物之功"。他说:

> 诗人有写物之功:"桑之未落,其叶沃若",他木殆不可以当此。林逋《梅花》诗云"疏影横斜水清浅,暗香浮动月黄昏",绝非桃李诗。皮日休《白莲花》诗云"无情有恨何人见,月晓清风欲堕时",决非红梅诗。若石曼卿《红梅》诗云"认桃无绿叶,辨杏有青枝",此至陋语,盖村学究中体也。(《评诗人写物》)

这段话虽然没有"形似"和"神似"的字眼,但所举的前三例,都是准确地抓住对象的本质特点,出色地表现出事物的独特精神品格的佳句。而后一例的失败,正在于只是一般化地描摹对象的外形,既抓不住本质特征,又未能寄寓特定的思想感情,使人读来索然寡味。可见,他所提倡的"写物之功",就是要有"画龙点睛"的传神之笔,既传达出事物的神采风韵,又从中抒写作者的特定感情和感受。他在《答谢民师书》中说："求物之妙，如系风捕影。"也是反对刻板地一一描摹事物的形貌，而提倡如系风捕影一样去捕捉物象之"妙"，即本质特征的。

第二，反对把诗的意蕴局限在本题的狭窄范围之内，要求诗人对题材进一步开拓发掘，使诗篇传达出更丰富深邃的思想情韵。他说："言有尽而意无穷者，天下之至言也。"（姜夔《白石道人诗说》引苏轼语）在《书黄子思诗集后》一文中又说：

> 唐末司空图……其论诗曰："梅止于酸，盐止于咸，饮食不可无盐梅，而其美常在咸酸之外。"盖自列其诗之有得于文字之表者二十四韵，恨当时不识其妙。予三复其言而悲之。……信乎表圣之言，美在咸酸之外，可以一唱三叹也。

诗人善于运用比兴寄托等艺术手法，使诗篇超出文字之表，造成"言有尽而意无穷""美在咸酸之外，可以一唱三叹"的艺术效果。反之，言尽意尽，或意尽而言不尽，一览无余，诗味淡薄，就是对诗的无知。这便是苏轼"作诗必此诗，定非知诗人"的含义。

苏轼指出：诗人和画家只有经过"妙想"（即顾恺之所说

的"迁想妙得"），塑造出以形传神、形神兼备、情景相生、气韵生动的特定艺术形象，只有这样的艺术形象才具有浓郁的艺术情趣和深厚的思想意蕴，这才有可能生发出广阔深远的意境。苏轼从论述艺术形象塑造的形神关系出发，探讨诗画应具有何种意境以及如何创造意境的问题，从而正确、深刻地论证了诗画的共同艺术规律。他论证诗画关系采取的方法以及得出的结论，比起前人和同时代人，都有独到之处。

《书鄢陵王主簿所画折枝》一诗，包含着精辟、丰富的美学思想。但是，在历史上却遭到不少人的非议。从南宋起，便有人指责这首诗只讲神似不要形似[3]。明人杨慎以晁补之的唱和诗贬低这首诗[4]。清代赵翼还针对此诗提出反命题[5]。直到今天，也还有人批评苏轼的见解"失于片面"[6]。

我认为，这都是对苏诗的曲解。矫枉必须过正，不过正不能矫枉。苏轼的议论，是针对当时诗画创作中都存在的那些一味追求形似而忽视传神的不良倾向而发，批评尖刻，用语难免偏激。如果我们不拘泥字面，而从精神实质去理解，那么，"论画以形似……"这四句诗的意思是清楚的，不过是为了强调突破形似达到神似，并非就是不要形似。因为苏轼紧接着便正确指出诗画都要塑造"天工"与"清新"的艺术形象，并且辩证地论述了"写生"与"传神"、"疏淡"与"精匀"、"一点红"与"无边春"的关系，这实际上就是艺术形象的"形"和"神"的关系、"有限"和"无限"的关系、"形象"和"意境"的关系。这首诗对于诗画形神关系的论述，是先列出论点，再引例证，正反对照，有破有立，全诗是一个整体。我们应该完整地理解这首诗，而不应该抽出一二句进行割裂、曲解。晁补之的和诗"画写物外形，要物形不改；诗传画外意，贵有画中态"，是在苏诗的启发下，对苏诗诗意更清楚扼要的概括，没有苏诗也就没有晁诗。晁补之没有也不可能像苏轼那样，深刻地指出诗画本一律。抬高晁诗贬低苏诗是不对的。苏轼许多关于诗画的评论文字更足以证明：他并不排斥形似。如《自评文》中，他强调诗文要"与山石曲折，随物赋形"。《石氏画苑记》中，他认为"所贵于画者，为其似也。似犹可贵，况其真乎"。《净因院画记》中，他特别强调绘画要曲尽事物之"常理"，但同时指出也不能忽视"曲尽其形"。他在该文中还严肃地批评画坛上那些"欺世盗名者""托于无常形"而乱画一气。在《书黄筌画雀》和《书戴嵩画牛》二则题跋中，更指出了黄筌、戴嵩在细节描写上违反真实的毛病。以上材料，充分表明苏轼非常懂得以形传神、形神对立而统一的艺术辩证法。历史自有公论。金人王若虚说："东坡……论妙在形似之外，而非遗其形似；不窘于题，而要不失其题。如是而已耳。"（《滹南诗话》中卷）明人王绂说："东坡此诗，盖言学者不当刻舟求剑，胶柱鼓瑟也。……不求形似者，不似之似也。"⑦清人方薰说："画不尚形似，须作活语参解。"(《山静居画论》上卷)袁枚也说："东坡云'作诗必此诗，定非知诗人'，此言最妙……其妙处总在旁见侧出，吸取题神，不是此诗，恰是此诗。"(《随园诗话》卷七)他们对苏轼关于形神关系的美学思想所作的解释和阐发，符合原意，而且是抓住了精神实质的。

四

以上评述了苏轼关于诗和画的共同性方面的美学见解。苏轼在强调诗画可以而且应该彼此渗透、相互表现的同时，并没有忘记诗和画作为不同的艺术形式，有着自己的特殊艺术个性。他对于诗和画的界限即二者的差异性，同样作了精彩的论述。

本文第二节引用过苏轼的"古来画师非俗士，摹写物象略与诗人同"。这些诗，就表明了苏轼对于诗画既有共同性又有差异性的清楚见识。他指出诗和画在"摹写物象"，即在塑造艺术形象上只是"略同"，即大体相同，同中有异。其用语极有分寸。可见苏轼已认识到：用语言间接表现出的诗歌艺术形象，同以色彩、线条直接描绘出的绘画艺术形象是有差异的。在《观摩诘蓝田烟雨图》中，他说："味摩诘之诗""观摩诘之画"。"观画",表明苏轼认识到绘画是视觉艺术。"味诗",指出诗是供人品味的。而要"品"出诗的"滋味",便要借助于欣赏者的联想和想象活动。这就间接地道出了诗歌是一种作用于想象的艺术。德国大诗人歌德说过:"造型艺术对眼睛提出形象,诗对想象力提出形象。"⑧苏轼的"观画""味诗"二语,表达出相似于歌德的这一精湛美学见解。苏轼在《次韵王定国》诗中说:"每得君诗如得书,宣心写妙书不如。"指出书法在抒情表意方面不如诗歌。这里虽然是比较诗和书,但同样适用于诗与画。因为,"书,心画也"(《法言》),书法与绘画同属于造型艺术,二者性质更为接近。诗歌在宣心写妙方面既胜过书法,当然也优于绘画。

正因为苏轼看到了诗和画在艺术表现上的界限,所以,他认为诗和画各有妙用,不可互相取代。他说:"诗不能尽,溢而为书,变而为画。"(《与可画墨竹屏风赞》)诗、书、画应该发挥各自的长处,用不同的艺术手法抒情写意,从而互相补充。在《寄题潭州徐氏春晖亭》诗中,他说:"胜概直应吟不尽,凭君寄与画图看。"而在《王晋卿作烟江叠嶂图,仆赋诗十四韵,晋卿和之,因复次韵》诗中,他又说:"水墨自与诗争妍。"他是提倡诗画争妍,异彩齐放的。

由于苏轼看到"诗中有画""画中有诗",因此曾经指出:画家有可能把用语言展现出的"诗中画"描绘出来。他在《谢人见和前篇》诗中说"渔蓑句好应须画",认为画家可以用色彩、线条把唐代诗人郑谷的诗"江上晚来堪画处,渔人披得一蓑归"的诗情画意画出来。但是,苏轼同时清晰地看到了诗和画的界限,所以他也明确指出:有些诗歌中的画境和诗意,是作为造型艺术的绘画难于表现甚至根本无法表现的。《东坡诗话录》引东坡《四时词·冬词》中的一句诗"真态生香谁画得",即是一例。苏轼认为美人身上散发出的芳香气息,无论哪一位画家都画不出来。这就道出了作为造型艺术的绘画无法表现味觉。我们再看《和文与可洋川园池三十首》中的《溪光亭》诗:

决去湖波尚有情,却随初日动檐楹。
溪光自古无人画,凭仗新诗与写成。

清晨的阳光照射在湖面上,波浪起伏动荡,仿佛随同日光一起摇晃着溪光亭的檐楹。苏轼认为:这种闪烁夺目、流动不定的水光日色,只有诗人才能用语言文字表现出来;画家的颜色和线条,画幅的固定框框,是无能为力的。在这里,苏轼不仅一语道破了中国画不重视光的表现的传统特点,而且细致地揭示出诗和画不同的艺术表现功能。苏轼的意见是正确的。诗的表现范围要比绘画广阔自由,诗人运用语言可以描绘出画家无法表现的瞬息万变、流动复杂、闪烁迷离的景象。

关于画家画不出一些诗歌中的境界,苏轼还有一段著名的题跋:

> 参寥子言老杜诗云:"楚江巫峡半云雨,清簟疏帘看弈棋。"此句可画,但恐画不就尔!(《书参寥论杜诗》)

苏轼把参寥子的话记录下来,看来他非常赞赏参寥子的见解。杜甫诗中迷蒙云雨的巫峡、波翻浪涌的楚江、清簟疏帘看弈棋的闲情逸趣,特别是二者的宾主、虚实关系,确实很难用画笔在一幅画里完美地表达出来。钱锺书先生在《读〈拉奥孔〉》一文中引用了这则题跋,对于"画不就"的原因作了精当的分析,此处不再赘述。

苏轼指出诗画有界限、诗画各具艺术个性的美学见解,对于诗画创作同样大有裨益。艺术的个性是艺术的生命。一种艺术,如果不首先发挥自己的艺术特长,而只是照搬它种艺术,就会丧失自己的生命。

宋代的文艺家一般只看到诗画的共同性。能够指出诗画相异处的,除欧阳修外,还有与苏轼同时代的王安石与邵雍。王安石写过"丹青难写是精神"(《读史》诗)和"意态由来画不成"(《明妃曲》诗)的诗句,指出绘画难以表现人的"精神"和"意态"。邵雍在《伊川击壤集》卷十八有一首《诗画吟》:"画笔善状物,长于运丹青,丹青入巧思,万物无遁形;诗笔善状物,长于运丹诚,丹诚入秀句,万物无遁情。"邵雍在这首诗里指出诗和画在抒情和状物上各有所长,同苏轼的见解一致,似比苏轼概括得更鲜明。但邵雍对诗画关系的论述只有这一首诗,苏轼却作了多方面的、辩证深刻的总结。这是邵雍比不上的。而且,即使在诗画差异性这个问题上,邵雍也仅仅指出了诗和画各有所长;苏轼却进一步看到了诗作为语言艺术,具有比绘画更广阔的艺术表现能力,诗胜于绘画。这也比邵雍体察得更为细致、深刻。

也应该指出:苏轼在比较诗和画的界限时,不正确地贬低了绘画的社会作用。他在《宝绘堂记》中说:"凡物之可喜,足以悦人而不足以移人者,莫若书与画。"他没有看到书画同诗文一样,同样具有"移人"的思想艺术力量。此外,他在强调文人画富于诗情意趣时,对于"画工"即民间画家的创作一概加以否定、贬低,表现出他的士大夫阶级的审美偏见。这同样是错误的。

五

苏轼从品评王维诗画艺术中首次揭示出的"诗中有画""画中有诗"的美学思想,曾经受到历代诗人、画家和文艺批评家的热烈赞赏。在南宋,《王直方诗话》在引用了欧阳修的《盘车图》和苏轼的《韩幹马》《书鄢陵王主簿所画折枝》《韩幹马十四匹》中论诗画的句子后说:"余以为若论诗画,于此尽矣。每诵数过,殆欲常以为法也。"对苏轼的诗画理论非常钦佩(《苕溪渔隐丛话》前集卷三十引)。蔡絛《西清诗话》说:"丹青吟咏,妙处相资。昔人谓诗中有画,画中有诗者,盖画手能状,而诗人能言之。……且画工意初未必然,而诗人广大之。乃知作诗者徒言其景,不若尽其情。"(同上)邓椿《画继·杂说》说:"……自古文人,其为人也多文,虽有不晓画者寡矣;其为人也无文,虽有晓画者寡矣。"就是对苏轼关于诗画相通和诗人最好身兼画家的论点的发挥。叶燮的《原诗》说:"昔人云,王维诗中有画。凡诗可入画者,为诗家能事。如风云雨雪景,象之至虚者,画家无不可绘之于笔。若初寒、内外之景色(指杜甫诗句"碧瓦初寒外")即董(源)巨(然)复生,恐亦束手搁笔矣。"很明显,叶燮对于诗景可否入画的研究,是吸收和借鉴了苏轼的认识成果的。其后,方东树《昭昧詹言》说:"辋川叙题细密不漏,又能设色写景,虚实布置,一一如画。"又说:"叙述情景,须得画意,为最上乘","大约古文及书、画、诗,四者之理一也。其用法取境亦一,气骨间架体势之外,别有不可思议之妙,凡古人所为品藻此四者之语,可聚观而通证之也"。方氏无论是对于王维诗的具体评价，还是对于诗文书画彼此相通的论述，都采纳并且发挥了苏轼的美学见解。清代大画家石涛也说："诗中画，性情中来者也。则画不是可拟张拟李而后作诗。画中诗，乃境趣时生者也。则诗不是便生吞活剥而后成画。"⑨更是直接地对苏轼的"诗中有画""画中有诗"作更具体的探讨。当代著名画家傅抱石、潘天寿、李可染等人，都曾在论画著作中评述和发挥苏轼关于诗画相通的论断。如潘天寿说："世人每谓诗为有声之画，画为无声之诗，两者相异而相同。其所不同者，仅在表现之形式与技法耳。故谈诗，每曰'诗中有画'。谈画时，每曰'画中有诗'。诗画联谈时，每曰'诗情画意'。否则，殊不足以为诗，殊不足以为画。"又说："空山无人，水流花开。惟诗人而兼画家者，能得个中至致。"⑩可见，苏轼首次提出的"诗中有画""画中有诗"的美学思想，已经成为宋代以后直到今天品鉴诗画创作的一条十分重要的审美标准，成为诗人、画家自觉地运用和遵守的一个行之有效的艺术法则。

苏轼从艺术形象的形神关系入手探讨诗画共同特征的研究方法和他提出的美学观点，更是引起了历代文艺理论家广泛热烈的讨论和争议。本文第三节引述过的材料已足以说明这点。这里要补充的是：苏轼继承刘禹锡、司空图的诗歌理论，提倡诗画都要以形传神从而生发出"象外之旨"的美学观点，直接启发了清代王士祯用"神韵"为艺术标准评鉴诗画。王士禛在《池北偶谈》卷十八中说："世谓王右丞画雪里芭蕉，其诗亦然。如'九江枫树几回青，一片扬州五湖白'，下连用'兰陵镇''富春郭''石头城'诸地名，皆辽远不相属。大抵古人诗画只取兴会神到。"由苏轼的强调超越形似达到神似，"取其意气所到"，发展到王士禛的"诗画只取兴会神到"，二者是一脉相承的。

苏轼关于诗画界限的论述，特别是关于诗画在表现手法、表现范围和功能的差异的精彩论述，同样地给后来的文艺批评家深刻的启迪。继苏轼指出了绘画难以表现气味、光，以及某些复杂的情调气氛之后，南宋的陈著说："梅之至难状者，莫如'疏影'，而于'暗香'来往尤难也。岂直难而已？竟不可！逋仙得于心，手不能状，乃形之言。"(《本堂集》卷四十四《代跋汪文卿梅画词》)明代的张岱也说："如李青莲《静夜思》诗：'举头望明月，低头思故乡。''思故乡'有何可画？王摩诘《山路》诗，'蓝田白石出，玉川红叶稀'，尚可入画；'山路原无雨，空翠湿人衣'，则如何入画？又《香积寺》诗，'泉声咽危石，日色冷青松'。'泉声''危石''日色''青松'皆可描摹，而'咽'字，'冷'字绝难画出。"(《琅嬛文集》卷三《与包严介》)程正揆在一则与董其昌的谈话记录中说："'洞庭湖西秋月辉，潇湘江北早鸿飞'，华亭爱诵此语，曰：'说得出，画不就。'予曰：'画也画得就，只不像诗。'华亭大笑。"(《青溪遗稿》卷二十四《题画》）以上这几则材料，不仅立论与苏轼《书参寥子论杜诗》相同，就是语气、口吻，也简直是照着苏轼那则题跋搬演的。不过，他们能够从表现声音、内心感觉等更多的角度和侧面，对诗境难入画、诗的表现范围比画广阔作进一步的论述，发展了苏轼的美学见解，仍然是很有价值的。也有些文艺家，对于这个问题侧重于作理论上的发挥。如明人李流芳说："夫诗中意有可画者，有必不可画者，'赋诗必此诗，定非知诗人'，画必此诗，岂复有画耶？余画会之诗总不似，然亦何必其似？似诗亦不似画矣，岂画之罪欤？"（《自怡悦斋书画录》）他指出"画中有诗"和"诗中有画"不是对于一切诗歌绘画作品的绝对要求，对苏轼的美学思想作了引申和补充。应该指出：对于苏轼的"诗画同异说"作出了最卓越的理论发挥的，是清人叶燮。他不仅在《原诗》中具体细致、引人入胜地阐发了诗画的相互表现问题，而且还在《赤霞楼诗集序》卷八中对诗画的一致与差异作了严密、精辟的理论概括。他说：

> 凡艺之多端而能尽天地万事万物之情状者，莫如画。彼其山水云霞、林木鸟兽、城郭宫室，以及人士男女，老少妍媸，器具服玩，甚至状貌之忧离欢乐，凡遇于目，感于心，传之于手而为象，惟画则然。大可笼万有，小可析毫末，而为有形者所不能遁。吾又谓：尽天

地万事万物之情状者,又莫如诗。彼其山水云霞、人士男女、忧离欢乐等类而外,更有雷鸣风动、鸟啼虫吟、歌哭言笑,凡触于目入于耳,会于心宣之于口而为言,惟诗则然。其笼万有析毫末而为情者所不能遁。故画者天地无声之诗,诗者天地无色之画。故画者形也,形依情则深;诗者情也,情赋形则显,是理也。岂独诗与画哉!推而极之,天地间无一物一事之不然者也矣。

叶燮对于诗画同异的论述,能够抓住诗画各自的表现媒介"象"和"言"的不同,表现对象"形"和"情"的不同,对二者的表现范围和功能,作了全面的比较、准确的概括;并从"情"与"形"的相互依存关系,揭示了诗画相互借鉴、吸收的辩证关系。这是中国古代文艺批评史上,在苏轼以后,对于诗画关系最完整、最有理论深度的总结。

六

如果将苏轼的"诗画同异说"同西方启蒙运动高潮时期德国的莱辛(1729—1789)的《拉奥孔》相比较,便可以看出:这两位艺术大师都比较全面、辩证地解决了诗画关系问题。但有意思的是:为什么莱辛的《拉奥孔》强调的是诗和画的界限,而苏轼却侧重论述诗和画的一致呢?我认为:应该从二人所处的不同历史条件和艺术实践发展的不同需要来寻求答案。按照马克思主义观点，任何理论的产生，都绝非无缘无故的偶然现象，社会的需要决定理论的发展方向和发展程度；同时，也决定着该理论的历史意义和命运。在西方，自古希腊罗马的美学家西蒙尼斯、贺拉斯等人提出"诗画一致"说以后，相当长的一段时期里，该学说是起了一定的进步作用的。但是后来，它又成了束缚诗（广义的文学）进一步发展的桎梏。莱辛的《拉奥孔》的历史功绩，在于详细地论证了诗画的界限，使诗摆脱了绘画的限制，从而为新兴文学，特别是善于描述激烈动作和冲突的戏剧诗的发展，开辟了道路。可见，莱辛强调诗画界限，乃是适应当时新兴的资产阶级要求运用市民剧表现对于封建贵族制度的反抗的革命需要。所以，他的理论是进步的。苏轼所处的历史条件和艺术实践的发展需要，却是另一种情况。北宋诗歌有两个主要倾向，一是承袭唐末五代颓废、典丽之风，不重视内容的表达，而是形式主义地生吞活剥唐诗，其代表派别是"西昆体"。另一派是以欧阳修、梅尧臣、王安石等人为代表的诗歌革新派。他们为了表现新的现实生活，回答时代对诗歌的要求，竭力矫正"西昆体"，专以气格为主，并接受韩愈影响，发展诗歌的散文化倾向。"以文为诗"扩大了诗的表现范围和能力，使诗较少受格律束缚，更自由地抒情言志，从而开创了宋代新诗风。不过，艺术总不能太偏离自己固有的规律。诗的散文化倾向，确实使不少诗人放松了对诗意、形象、文采和韵律的讲求，使作品缺乏耐人咀嚼的诗味。到了苏轼时代，诗歌的散文化倾向更为严重。苏轼自己的诗歌创作，也受到这种以文为诗的时代风气影响。然而，宋代绘画，特别是山水画的高度发展，使苏轼敏锐地察觉过分地以文为诗，背离了古代诗歌富于画意的传统所产生的弊病。他在学习和总结前辈诗人曹刘、陶谢、李杜、韦柳、韩白诸家创作经验中，看到了绝大部分古人在诗的创作中并不逞才使气，也不卖弄学问，诗中充满了画意和朴素自然的美。因此，他认识到诗应该向绘画借鉴吸取有益的养分，对于克服宋诗的过分散文化倾向，有补偏救弊的积极意义的。

当然，比起莱辛那部内容广博、体系完整的《拉奥孔》来，苏轼的"诗画同异说"确实显得零碎、片断。但在这些片言只语中，却同样说出了精湛的美学见解，对解决诗画关系这一重要美学问题作出了实质性的贡献。而且，苏轼对这个问题的全面探讨和辩证解决，比莱辛几乎早了七百年。这是值得我们中国人引以自豪的。

---

① 郭熙说过："诗是无形画，画是有形诗"，见《林泉高致》。其余参阅钱锺书《中国诗与中国画》，载于《旧文四篇》，上海古籍出

① 版社 1979 年版，第 5 页引。
② 参看敏泽《论魏晋至唐关于艺术形象的认识》；牟世金《中国古代文学艺术的形神关系》，《文学评论》1980 年第一期。
③ 如葛立方《韵语阳秋》卷十四说："不可形似，当画何物？"明人徐沁《明画录》："东坡论画不求形似，至摹壁上灯影，得其神情，此特一时嬉笑之语。"
④ 杨慎《升庵诗话》卷十三说："其言有偏，非至论也。晁以道和公诗……其论始定，盖欲以补坡公之未备也。"按：杨慎误记。应是晁补之的《和苏翰林题李甲画雁二首》，见《全宋诗》卷 1126。
⑤ 赵翼《论诗诗》云："作诗必此诗，定非知诗人。……其论实过高，后学未易遵。吾试为转语，案翻老斵轮。作诗必此诗，乃是真诗人。"《瓯北集》卷 46。
⑥ 金开诚《论事物特征的艺术表现》，《中国社会科学》1979 年第二期。
⑦ 王绂《书画传习录》，俞剑华《中国画论类编》第 180 页。
⑧ 歌德《诗与真》，《西方文论选》上卷，第 445 页。
⑨ 释道济《大涤子题画诗跋》，俞剑华《中国画论类编》上卷，第 164 页。
⑩ 潘天寿《听天阁画谈随笔》，上海人民美术出版社 1980 年版，第 10、11 页。

第二讲

论苏轼的自然诗观

北宋诗人苏轼不仅是大自然的出色歌手,而且是卓越的自然诗的理论家。他在大量写作山水、景物诗的同时,广泛吸取前人欣赏和表现自然美的成果,认真总结自己的创作经验,发表了许多见解。这些艺术言论散见于他的诗文、序跋、碑铭和书札之中,比较零碎,却包含着精辟而丰富的美学思想。苏轼关于如何观察、捕捉和表现自然美的美学观点,是苏轼研究者们尚未注意专门研究的。笔者认为:发掘、整理和探讨苏轼的这一部分美学思想,不仅有助于我们更准确地把握苏轼山水、景物诗的艺术特色,有助于我们更深入地研究关于美的本质和自然美等美学难题;而且对于提高社会主义的山水景物诗创作的艺术水平,建设具有民族特色和气派的马克思主义诗歌美学,都是有重要借鉴意义的。

为论述方便,笔者把苏轼关于自然美的欣赏和自然诗创作的美学观称为自然诗观。这个概念并非杜撰。日本近代文艺批评家厨川白村氏(1880—1923)曾撰写过《东西之自然诗观》一文，运用这一概念比较分析了东、西方诗人感受和再现自然美的不同美学观点[①]。西方人一向把描写山水和其他自然景物的诗统称为自然诗。近年来，国内外有些学者撰写有关山水、自然诗的论文，也还在使用"自然诗观"这一概念[②]。笔者认为，这个概念简单、明确、概括性强，是科学的，可以采用的。

下面，我们就苏轼的自然诗观予以评论。

一

作为文学作品的自然诗，是诗人选择提炼、概括集中地反映自然美的结晶。大自然是自然诗创作的源泉。因此，要认识苏轼的自然诗观，便须从苏轼与大自然的关系和他对自然美的看法谈起。

苏轼曾自称："子瞻性好山水。"（《再跋醉道士图》）这位才华横溢的诗人出生在山明水秀的四川眉山，从小便受到大自然的陶冶。嘉祐四年（1059）冬，他同父亲苏洵和弟弟苏辙自故乡沿水路进京应试，一路上畅览大江两岸雄奇壮丽的山川景色，这使他诗思泉涌，写下了大部分是山水诗的《南行集》。熙宁四年（1071），由于苏轼支持旧党反对王安石变法，被迫出任杭州通判。于是，他得以经常游赏西湖美丽的湖光山色和两浙的奇峰秀水。他对祖国锦绣河山的热爱之情更深厚，对自然美的感受能力也更敏锐了。此后，苏轼又在密、徐、湖、黄、杭、颍、定等州郡任职。晚年，因为政敌的迫害，他被远贬到风景瑰奇的岭南惠州和海南岛琼州。诗人的足迹踏遍了大半个国土。在游宦和贬谪的漫长岁月中，他饱览了各地名山大川。为此，他自豪地写道："人间绝胜略已遍，匡庐南岭并西湖。"（《赠昙秀》）苏轼胸襟开阔、感情丰富，每到一地，他都兴致勃勃地登山涉水、探访名胜，以诗人兼画家的眼光捕捉山水大自然的动人姿态和缤纷色彩，把它们生动逼真地再现出来。综观苏轼一生的诗歌创作，大自然给予他的艺术灵感和兴会，似乎要比社会生活给予他的多。

苏轼的大半生都陷进了激烈复杂的党派斗争漩涡之中。政治风浪的不断打击，使他深深体会到人生坎坷、官场险恶，从而热烈地向往美丽宁静的大自然。苏轼的世界观十分复杂：他的政治观点基本上属于儒家，而他的人生态度和处世哲学却受到老庄和佛家思想的深刻影响。老庄和佛家都主张清静无为，任性自然，提倡到山林里去养性陶情。苏轼也就经常地投入大自然的怀抱里，在对自然美怡然自得的观赏中求得精神的慰藉和解脱。大自然成了苏轼的知己，他同大自然结下了不解之缘。他深深感叹："山水游放之乐，自是人生难必之事！"（《题逸少帖》）在中国古典诗人中，与大自然关系如此密切的，只有谢灵运、陶渊明、王维、孟浩然、李白等少数诗人可以同苏轼相比。

正是在同大自然亲密的身心交往中，苏轼经常对自然美进行研究和探索，发表了不少观感。他在《六一泉铭》中说："江山之胜……奇丽秀绝之气，常为能文者用。"在《眉州远景楼记》中说："若夫登临览观之乐，山川风物之美，轼将……援笔而赋之。"在《石氏画苑记》中说："吾行都邑田野，所见人、物，皆吾画笥也。"在《前赤壁赋》中说："江上之清风，与山间之明月，耳得之而为声，目遇之而成色，取之无禁，用之不竭，是造物者之无尽藏也。"这都是苏轼向美丽的大自然倾吐热爱之情的心声！在他看来，大自然是美的无穷无尽的源泉，是诗的用之不竭的材料。

苏轼对于自然美的一系列重要美学问题，都提出了自己的看法。他在《〈江行唱和集〉叙》中写道：

> 山川之有云雾，草木之有华实，充满勃郁而见于外，夫虽欲无有，其可得耶！

又在《答李端叔》中说：

木有瘿、石有晕，犀有通，以取妍于人……

这两段话包含着丰富的美学思想。首先，是对于自然美的来源的认识。苏轼认为：自然美便存在于山川草木等自然物之中，在于它们的自然属性。"云雾"和"华实"分别是山川与草木的自然属性，"瘿""晕""通"分别是木、石、犀的自然属性。因此，它不是人的审美意识的外化，而是不以人的主观意志为转移的客观存在。其次，是对自然美的本质的认识。在他看来，山川草木等自然物，都有着一种充满勃郁的生机。这种蓬勃生机一定要借助于花果、云雾等具有线条、色彩、状态的感性形式体现出来，使人们感受得到并引起精神怡悦。这种充满生命力的、富有生机的东西是最美的。苏轼还有一段论述"相马"的文字，更具体、生动地阐发了他对自然美的本质的认识。他写道：

夫马者有昂目而丰臆，方蹄而密睫，捷乎若深山之虎，旷乎若秋后之兔，远望目若视日而志不存乎刍粟，若是者飘忽腾踔，去而不知所止。是故古之善相者立于五达之衢，一日而眂之，闻其一鸣，顾而循其色，马之技尽矣。何者？其相溢于外而不可蔽也。

千里马具有"昂目而丰臆""方蹄而密睫""捷乎若深山之虎,旷乎若秋后之兔"、鸣声洪亮等特征。正是这些"溢于外而不可蔽"的鲜明、突出的形象特征,使千里马区别于一般的马,而为人们所辨识。因此,千里马的美,在于它的内在的轩昂俊发的精神品质同它外在鲜明突出的形象特征的统一。

孟子说过:"充实之谓美,充实而有光辉之谓大。"(《孟子·尽心(下)》)他在这里所说的"美",仅指人的道德品质。人的品质美是属于社会美,社会美主要是内容美。所以孟子论社会美强调内容的"充实"是正确的。苏轼论述的是山川、草木、动物等自然美,因此他对孟子的看法作了补充,在指出内容的"充满勃郁"的同时,更强调因内而"溢于外"、能"取妍于人"的形式美。按照我们今天的观点,自然美区别于社会美的一个重要之点,正在于自然美的形式具有更大的独立性。苏轼强调自然美具体可感的形式特征也是正确的。

在中国古代美学史上,有一些文艺理论家和美学家也论述了自然美。如齐梁时期的刘勰说:"傍及万品,动植皆文""云霞雕色,有逾画工之妙。草木贲华,无待锦匠之奇。夫岂外饰,盖自然耳"。(《文心雕龙·原道》)清初叶燮也说:"凡物之生而美者,美本乎天者也,本乎天自有之美也。"(《己畦文集》卷六《滋园记》)他们都肯定自然美是一种客观存在,自然事物具有美的属性。苏轼关于自然美的根源、本质和特点的认识,同他们是一致的,都有朴素的唯物主义思想,相当精辟。

自然事物和社会事物的美并不是绝对、孤立的存在,而是在与丑的比较中显现的。苏轼也正确地指出了这一点。他在《前怪石供》中说:"凡物之丑好,生于相形。"否认有天生不变的绝对的美,而认为应从事物的相互关系中发现美和认识美。但他在《送钱塘聪师闻复叙》中却写道:

> (闻复)诗有奇语,云烟葱珑,珠琲的皪,识者以为画师之流。……使聪日进不止,自闻思修以至于道,则华严法海,自为蘧庐。而况诗书与琴乎。虽然,古之学道,无自虚空入者。轮扁斫轮,痀偻承蜩,苟可以发其智巧,物无陋者。

这里,苏轼提出"物无陋者",竟认为一切自然事物统统是美的。这与上述"美丑相形"说看似矛盾,其实并不矛盾。因为苏轼在这里谈的是闻复学道和作诗。诗是艺术。艺术家"发其智巧",不仅能把自然美表现得更集中、更充分、更美,而且还可以将现实中的丑,经过典型化,从中寄寓艺术家对现实丑的反面评价和对正面理想的肯定,使现实丑转化为艺术美。法国著名雕塑大师罗丹说过:"对于当得起艺术家这个称号的人,自然中的一切都是美的。"③这句话可以说是苏轼"物无陋者"一语的最好诠释。

人对自然美的欣赏活动中，审美的认识即美感是怎样形成的？它同自然美是什么关系呢？苏轼也探讨了这个问题。他在《超然台记》中说："凡物皆有可观，苟有可观，皆有可乐。"在《东坡书传》中论《洪范》五事时又说："目乃知物之美恶，耳乃知声之然否，于是而致其思，无所不至矣。"在苏轼看来，自然美是一种客观现象，又是感性现象，必须通过一定感官的感觉作用才能为人们所认识。使人精神愉悦的美感，正是由于"物之美"作用于人的感官而产生的。这就肯定了先有自然美的存在，然后才有人对于自然美的审美认识。美感是人对美的事物的反映，美决定美感。

苏轼既认识到美的事物是第一性的，美感是第二性的，美引起并支配美感；但与此同时，他又看到美感对美的反映具有主观能动性和创造性。关于这一点，下面论述苏轼关于创造"神似"的自然景物艺术形象的美学观点时还要谈到，此处暂略。

二

苏轼在一些文章中论述了美同实用的区别。他说："象犀珠玉，虽无补于饥寒，要不可使在涂泥中。"又说："象犀珠玉怪珍之物，有悦于人之耳目，而不适于用。"（《李氏山房藏书记》）这里清楚地指出象犀珠玉等自然物的美不等于实用，美不是一个直接满足人的某种实际需要的对象，而是认识和观赏的对象。这一见解是中肯的。

苏轼根据这一基本观点，提出了一个欣赏与再现自然美的重要美学原则——"寓意于物而不可以留意于物"。他在《王君宝绘堂记》中说：

> 君子可以寓意于物，而不可以留意于物。寓意于物，虽微物足以为乐，虽尤物不足以为病。留意于物，虽微物足以为病，虽尤物不足以为乐。老子曰："五色令人目盲，五音令人耳聋，五味令人口爽；驰骋田猎，令人心发狂。"然圣人未尝废此四者，亦聊以寓意焉耳。……凡物之可喜，足以悦人，而不足以移人者，莫若书与画。然至其留意而不释，则其祸有不可胜言者。

这里的本意是说：作为一个有德行的君子，对于自己所喜爱的美物，只应借以寄寓情思，寻求精神乐趣，而不能过分耽溺，以至于为占有美物用尽心机、奔走竞逐。否则，容易为物所役，丧心病狂，造成祸害。苏轼把这一条人生哲理，创造性地移用到艺术创作的领域上来，使它成为一条欣赏和再现自然美的美学原则。他在《书李伯时山庄图后》中说：

> 或曰："龙眠居士作《山庄图》，使后来入山者，信足而行，自得道路，如见所梦，如悟前世。见山中泉石草木，不问而知其名；遇山中渔樵隐逸，不名而识其人。此岂强记不忘者乎？"曰："非也。……天机之所合，不强而自记也。居士之在山也，不留于一物，故其神与万物交，其智与百工通。"

画家李龙眠在山中能"不留于一物"，即不以自私的欲念去考虑占有山庄的任一美物，因此他摆脱了利害关系的偏见，使自己的全副心灵与山庄万物相互交融，从而能真实、充分地发现和感受自然美。在创作中，他又能"寓意于物"，借物抒怀，寄托深远，终于绘出了生动逼真、饶有情韵的山庄图。

苏轼提出的这一"寓意于物而不可以留意于物"的审美观，使人自然地联想到德国近代资产阶级美学家康德和我国清末美学家王国维关于美与利害关系的论述。康德在《判断力批判》中说：

> 一个审美判断，只要是掺杂了丝毫的利害计较，

就会是很偏私的,而不是单纯的审美判断。人们必须对于对象的存在持冷漠的态度,才能在审美趣味中做裁判人。④

王国维袭取了康德的观点,也说:

美之为物,不与吾人之利害相关系;而吾人观美时,亦不知有一己之利害。(《叔本华之哲学及其教育学说》)

苟吾人而能忘物与我之关系而观物,则夫自然界之山明水媚,鸟飞花落,固无往而非华胥之国,极乐之土也。(《〈红楼梦〉评论》)

表面看来,王国维的观点同苏轼的观点是多么地相似。然而,仔细分析却发现其实两者大相径庭:首先,苏轼的观点仅限于对自然美的欣赏和创造,而王国维的观点却把对社会美的欣赏与创造包括在内。其次,苏轼反对"留意于物",却同时主张要"寓意于物",要求人们在对自然美的欣赏和艺术创造中寄寓自己的思想感情,借景言志抒怀。这"意",实际上必然带着社会性和功利目的。而王国维却把美感看成绝对排斥社会功利,甚至不能涉及意志与概念。一个要"寓意",一个不要"寓意",二者是对立的。再次,苏轼是从自然诗创作的实践出发提出这一观点的。他只是要求诗人对自己的思想感情来一番洗涤和净化，摆脱实用主义的考虑，以纯洁无私的态度去欣赏大自然，充分地发现和感受自然美。苏轼并没有由"不留意于物"而推论出艺术创作应该超阶级、超政治、超功利。相反，苏轼是非常强调艺术创作要为人生和政治服务的。他说："缘诗人之义，托事以讽，庶几有补于国。"(《东坡先生墓志铭》引)又说："诗文皆有为而作，精悍确苦，言必中当世之过。"(《凫绎先生文集叙》)他不仅创作了《荔枝叹》《吴中田妇叹》《山村五绝》等富于现实主义批判精神的作品，反映劳动人民的悲惨生活，揭露黑暗腐败的社会现实，激烈地针砭政治弊病；而且，还在以描绘山水自然景物为主的作品（如《入峡》《巫山》《李氏园》等）中，时常有意地插入对下层人民贫困、艰辛的劳动和生活的描写，以加强山水诗的思想性。山水自然美本身是不带阶级性的。人们在欣赏山水自然美时，其阶级对立和利害冲突往往不如在欣赏社会美时那么明显地表现出来。因此，苏轼在论述对自然美的欣赏和艺术创造活动时，不强调社会功利，而是着重探讨如何能够更真实、充分地发现和把握自然美。笔者认为，苏轼的这一探讨，对于自然诗创作是有益的。

马克思说过："忧心忡忡的穷人甚至对最美丽的景色都没有什么感觉；贩卖矿物的商人只看到矿物的商业价值，而看不到矿物的美和特性；他没有矿物学的感觉。"⑤这就是说，自然美有着独自的品格。如果人们只从狭隘的实用的观点去考察，便不可能认识自然美。人们必须依照自然美的本来面目去欣赏它、认识它。从这一点上看，苏轼的"寓意于物而不可以留意于物"的审美观，并不违背马克思的这一卓越见解。苏轼本人正是自觉地运用这一审美原则去观察和捕捉、欣赏和再现自然美的。由于他对大自然始终怀抱着纯真无私的感情，所以他的山水自然诗既真实地发现和反映了自然美，又从中表现出他自己的人格美、感情美。目前，美学界仍在深入探讨人们在欣赏自然美时的感情和心理活动等问题，苏轼的这一观点很值得重视。

三

从上述关于自然美和人与大自然的审美关系的基本观点出发，苏轼具体地探讨了自然诗创作的一系列带有规律性的重要问题。

首先是美的自然景物同自然诗创作的关系问题。苏轼在《〈江行唱和集〉叙》中说：

> 夫昔之为文者，非能为之为工，乃不能不为之为工

也。……己亥之岁,侍行适楚,……而山川之秀美,风俗之朴陋,贤人君子之遗迹,与凡耳目之所接者,杂然有触于中,而发于咏叹。……而非勉强所为之文也。

苏轼指出:客观的山水自然美同诗人耳目相接,触动了诗人的思想感情,使诗人情不自禁地歌唱它、赞美它。这是自然诗创作产生的原因。这种外物有触于中而产生诗的观点,继承了陆机《文赋》、钟嵘《诗品序》、刘勰《文心雕龙》的《明诗》篇和《物色》篇所论述的"睹物兴情""感物咏志"说,并直接受到苏洵《仲兄字文甫说》的"风水相遭而成文"说的影响。苏轼对自然诗创作的主客观关系的认识,是符合唯物主义的反映论的。

在《〈江行唱和集〉叙》的这段话中,苏轼还强调诗文创作,特别是自然诗创作"非能为之为工,乃不能不为之为工"。这里有两层含义:其一,强调要有真情实感和创作冲动。苏轼又在《读孟郊诗》(其一)说:"诗从肺腑出。"对于自然诗来说,首先要求对所描写的自然景物对象满怀真挚、亲切之情,甚至要把它们当作有生命、有感情的知心朋友来对待。苏轼在诗中多次叙写他同山水大自然之间的亲密的感情交流,如"二年饮泉水,鱼鸟亦相亲"(《留别雩泉》)、"推挤不去已三年,鱼鸟依然笑我顽"(《与毛令方尉游西菩提寺二首》其一）、"霭霭青城云，娟娟峨眉月，随我西北来，照我光不灭。我在尘土中，白云呼我归。我游江湖上，明月湿我衣……"（《送运判朱朝奉入蜀》），等等。由于苏轼总是把自己强烈的主观感情和意愿注入山水景物，使得他笔下的许多景物都具有思想感情，懂得喜怒哀乐，成为人格化的景物形象。

其二，主张诗要自然流露，反对人为的矫饰。他非常欣赏陶潜在《孟府君传》中的"或问听丝不如竹，竹不如肉，何也？曰：渐近自然"数语，并为之书录（《书渊明孟府君传后》）。他认为诗文创作"大略如行云流水，初无定质，但常行于所当行，常止于不可不止，文理自然，姿态横生"（《答谢民师书》）。他提出"诗画本一律，天工与清新"（《书鄢陵王主簿所画折枝诗二首》其一）的著名命题，赞扬辩才的诗"如风吹水，自成文理"，胜于"巧人织绣"（《书辩才次韵参寥诗》）。他既反对"浮巧轻媚，丛错采绣"（《上欧阳内翰书》），也反感"好为艰深""以文浅易"（《答谢民师书》）。他赞赏诗的"奇趣"（《书唐氏六家书后》），却严厉指责那些"求深务奇"，以至"怪僻而不可读"（《上欧阳内翰书》）的作者；他爱好豪放风格，但又痛斥杜默之流以"狂怪"来冒充豪放（《评杜默诗》）。他说："凡人文字，当务使平和，至足之余，溢为奇怪，盖出于不得已尔。"（《与鲁直》）认为"奇怪"应该是自然"溢"出,不能人为地强求。总之,提倡自然诗要有自然之美。

苏轼上述关于诗贵在自然流露的美学见解,当然适用于一切题材的诗歌创作,但首先是针对自然诗创作而言的。自然诗的描写对象是自然美,自然万物都按照其本身所固有的规律发生、发展、运动和变化。草木荣枯、春秋代序、日月运行、晴雨交替,这一切都是自然而然发生的。正如李白所说:"万物兴歇皆自然。"(《日出入行》)自然诗只有按照自然物的本来面目和它的运动变化规律去描写,才能真实地反映出生动丰富的自然美。苏轼在《题渊明饮酒诗后》说:"'采菊东篱下,悠然见南山',因采菊而见山,境与意会,此句最有妙处,近岁俗本皆作'望南山',则此一篇神气都索然矣。"(《题渊明饮酒诗后》)这里强调自然诗妙在触景生情,境与意会,偶尔而得,出于自然。

郭沫若曾颇为独到地论述诗忠实描写大自然与诗贵自然流露的关系。他说:"天然界的现象,大而如寥无人迹的森林,细而如路旁道畔的花草,动而如巨海宏涛,寂而如山泉清露,怒而如雷电交加,喜而如星月皎洁,没有一件不是自然流露出来的东西,没有一件不是公诸平民而听诸自取的。亚里士多德说:'诗是模仿自然的东西。'我看他这句话不仅是写实家所谓忠于描写的意思,他是说诗的创造贵在自然流露。诗的生成好像自然物的生存一般,不当参以丝毫的矫揉造作。"⑥郭沫若的自然诗观,是将崇尚自然与忠于自然二者融为一体的自然诗观。同样,苏轼关于自然诗贵在自然流露的美学见解,正是他崇尚自然、师法自然的思想感情的表现。

苏轼还深入讨论诗人在创作中要"神与万物交"(《书李伯时山庄图后》)的问题。他在《书晁补之所藏与可画竹》诗中写道:"与可画竹时,见竹不见人。岂独不见人,嗒然遗其身。其身与竹化,无穷出清新。庄周世无有,谁知此凝神。"这里指出文与可画竹时能全神贯注,把自己的思想感情完全融入对象之中,达到主宾俱化、物我两忘的境地。所以,他笔下的竹子栩栩如生、充满情韵。强调凝神忘我、心与物化,这是苏轼对于自然诗创作中的情与景、心与物关系的深刻总结。

四

自然诗的主体是山水自然景物形象。在自然诗中,诗人固然有时也直抒胸臆,但主要是借助自然景物形象间接地抒情。自然诗既然要描绘真实具体的自然景物,就必须游览山水,对景物作实地的考察。

苏轼非常强调亲身阅历,广泛深入地体验和研究大自然，他把这一点看作是自然诗创作头等重要的前提。他在《自记吴兴诗》中说："仆为吴兴，有游飞英寺诗云：'微雨止还作，小窗幽更妍，盆山不见日，草木自苍然。'非至吴越，不见此景也。"在《书子美云安县诗》中说："'雨过山木合，终日子规啼。'此老杜云安县诗也。非亲到其处，不知此诗之工。"《题渊明诗》中说："陶靖节云：'平畴交远风，良苗亦怀新。'非古之耦耕植杖者不能道此语；非余之世农，亦不能识此语之妙也。"在《书司空图诗》中又说："司空图表圣自论其诗，以为得味于味外。'绿树连村暗，黄花入麦稀。'此句最善。又云：'棋声花院静，幡影石坛高。'吾尝游五老峰，入白鹤院，松阴满庭，不见一人，惟闻棋声，然后知此句之工也。"这几则题跋，都指出必须实地游览考察，有了实践经验，才有可能发现并捕捉住自然景物之妙，使作品具有妙肖自然的逼真之感；足不出户，闭门觅句，既写不出好的自然诗，也不能领略别人自然诗的妙处。在《石钟山记》中，他记述自己对石钟山名称来由进行实地调查研究的经过，阐明要认识山川乃至一切事物的奥秘，必须"目见耳闻"，不能主观"臆断"。他还写了《初入庐山》："青山若无素，偃蹇不相亲。要识庐山面，他年是故人。"以诗的形式，介绍自己同山水景物反复交往接触、结为"知己"的体会。

苏轼游览山川，总不满足于作走马观花式的泛泛浏览，而是不畏艰险，竭力穷幽探胜，不到全面、深刻地把握住山水之妙绝不罢休。他在《怀西湖寄晁美叔同年》诗中，具体叙写自己长期深入地观察和研究西湖的体会：

> 西湖天下景，游者无愚贤。浅深随所得，谁能识其全？嗟我本狂直，早为世所捐。独专山水乐，付与宁非天！三百六十寺，幽寻遂穷年。所至得其妙，心知口难传。至今清夜梦，耳目余芳鲜。

这里指出：游览西湖的人，对西湖美的感受有浅深之别，原因主要不在于天生的聪明或愚笨的差异，而在于有的人走马观花、浅尝辄止；有的人却辛勤观察、反复体验。为了认识西湖美景之"全"和"妙"，苏轼幽寻穷年，遍游诸寺。他能够写出那么多脍炙人口的西湖绝唱，正是他对西湖山水作了长期、深入、细致的观察和体验的丰硕成果。

五

山川自然景物，每时每刻都在运动。水是不停地流动的，山看似静止，但随着春夏秋冬、阴晴晦明的不同，也是变化万千的。苏轼清晰地认识到大自然的运动变化，并从哲学上对此作了理论概括。在《策略》(一)、《御试制科策》、《天庆观乳泉赋》和《东坡易传》等著作中,他反复地阐发天、地、水、人、器物等"皆生于动""动而不息""变化往来""有逝而无竭"的运动观。在《净因院画记》中,他更具体地指出:"人禽宫室器物皆有常形",而"山石竹木、水波烟云"均"无常形"。

因此,苏轼十分强调自然诗要着重表现大自然的运动变化。用他的话说,就是要"酬酢万物之变"(《虔州崇庆禅院新经藏记》)。他认为画山,要像王维、李思训:"画山川峰麓自成变态,……颇以云物间之,作浮云杳霭与孤鸿落照灭没于江天之外。"(《又跋宋汉杰画山》)画水,应如孙知微、蒲永昇:画出"活水","作输泻跳蹙之势,汹汹欲崩屋",从而"尽水之变"(《画水记》)。对对象准确的观察和把握是真实地再现它们的基础和前提。面对着这动而不息、变而不竭、又无常形的山川景物,诗人应该怎样去观察和把握呢?苏轼总结自己观察和体验大自然的实践经验,提出两个方法:

其一,观物须"空静"。苏轼在《送参寥师》诗中说:

> 欲令诗语妙,无厌空且静。静故了群动,空故纳万境。阅世走人间,观身卧云岭……

先秦诸子中的老子、庄子、管子、荀子都曾经论述过"虚静"以明"道"的哲学观点。西晋的陆机和齐梁的刘勰把"虚静明道"的观点运用到文艺创作的构思和想象上来。陆机指出作家在创作构思中要"收视反听,耽思旁讯","罄澄思以凝虑"(《文赋》)。刘勰则提出"陶钧文思,贵在虚静,疏瀹五藏,澡雪精神"(《文心雕龙·神思》),强调要沉静思考,疏通思路,清除杂念,集中精神。苏轼则把"空静"作为作家在创作之前对客观事物进行观察和认识的方法。关于"空",他还说过:"是身如虚空,万物皆我储。"(《赠袁陟》)"道人胸中水镜清,万象起灭无逃形。"(《次韵僧潜见赠》)主张要以清明开旷的心胸去收摄世间万物之象。关于"静",他强调不是以静观静,而是以静观动。除了前引"静故了群动",他还说过:"处晦而观明,处静而观动,则万物之情毕陈于前。"(《朝辞赴定州状》)先秦诸子的"虚静观",大都只强调内省直观而忽视实践躬行。苏轼同他们相反,他把空静观物与"阅世走人间"结合起来,强调空静观照的前提和基础是要接触实际,有广泛的生活阅历。显然,这种观察和认识事物的方法是正确的。

其二,"观物之极而游于物之表"(《书黄道辅品茶要录后》)。他在著名的山水哲理诗《题庐山西林寺壁》中说:"横看成岭侧成峰,远近高低各不同。不识庐山真面目,只缘身在此山中。"这首诗形象地表述了这一观察事物的方法。他还在《超然台记》一文中作了理论阐发：

> 彼游于物之内，而不游于物之外。物非有大小也，自其内而观之，未有不高且大者也。彼挟其高大以临我，则我常眩乱反复如隙中之观斗，又乌知胜负之所在！

苏轼以身入庐山却不识庐山真面目的生动事例说明：要认识自然景物乃至世间万事万物，固然要"游于物之内"，深入体察，才能洞悉幽微。但如果只顾深入其内，如同隙中观斗，视野狭小，或囿于利害得失的考虑，往往只能看到事物的局部，陷于主观性和片面性。因此，要把"观物之极"同"游于物之表"二者结合起来：既入乎其内，又出乎其外；既深入体验，又高瞻远瞩。这样才能深刻、辩证、全面地认识事物。

苏轼正是成功地运用"以静观动"和"观物之极而游于物之表"的方法，去观察和把握山水自然美。因为强调"以静观动"，表现"万物之变"，所以他在山水诗中很少写静境，而是更多、也更擅于写动态，以动态传山水之精神。例如《游径山》写山"势如骏马奔平川"，《百步洪》以"有如兔走鹰隼落，骏马下注千丈坡，断弦离柱箭脱手，飞电过隙珠翻荷"等一连串比喻摹状激流飞湍。这里的山水就不仅是一般的动,而是"气腾势飞"(皎然《诗式》卷一《明势条》)、状自然"飞动之趣"(皎然《诗评》)。同样,由于苏轼观察大自然时善于把深入体验和高瞻远瞩结合起来,因此他的许多山水诗往往既有细致入微的局部刻画,又有视野阔大的全景概括。《端午节遍游诸寺,得禅字》和《入峡》等诗即是例证。

由强调自然诗人要亲身经历,直接感受自然美,进而探讨自然诗人正确地观察和认识复杂多变的自然美的方法,可以看出苏轼非常重视自然诗创作的源泉。这样,苏轼的自然诗观便同那些把艺术创作看成是艺术家天才或心灵的产物、否认生活实践是艺术创作的源泉和基础的唯心主义美学,鲜明地划清了界限。苏轼的自然诗观是唯物主义的诗歌美学观,也是现实主义的诗歌美学观。

六

客观存在的自然美是自然诗的源泉。但是,自然诗并不是现实中的自然美的简单复写,而是诗人创造性劳动的成品。它同现实的自然美相比较,具有更高、更强烈、更有集中性、更典型和更理想的特点。诗人在创作自然诗前,要观察、体验和研究大自然,不断积累丰富的自然景物素材,力求全面深刻地认识描写对象,正像苏轼所说要"识其全"。但在创作中,又不能把自己所见所闻所感受到的一切自然美景统统照搬到诗中去,而应以自己的心灵即思想感情去熔铸、剪裁和提炼山水景物素材,使它们集中、精粹、典型地表现出来。正如德国诗人歌德所说:自然诗人既是"自然的奴隶",又是"自然的主宰";自然诗既要"妙肖自然",又要"高于自然"[7]。

苏轼的自然诗观也接触到这个艺术的典型化问题。他说过:"子由尝言,所贵于画者,为其似也,似犹可贵,况其真者。"(《石氏画苑记》)这里所说的"真",已非生活之真,而是经过典型化的艺术的真实,比只与对象表面相似更高。他在《庐山二胜》诗的题记中说:"仆初入庐山,山谷奇秀,平生所未见,殆应接不暇。遂发意不欲作诗。……往来山南北十余日,以为绝胜不可胜谈,择其尤者,莫如漱玉亭、三峡桥,故作此二诗。"对于庐山这一奇秀冠天下的名山胜景,苏轼也不是所见尽录,而是选择其中最美、最典型、也最适于表现自己情怀的景致来描写,在写作中又进行巧妙的艺术构思和提炼。由于苏轼遵循由多到少、全中求妙的典型化艺术规律,他笔下的《庐山二胜》诗,在前人对庐山已有大量题咏特别是李白出色地抒写以后,能够别开生面、独辟蹊径,创造出一种幽冷高洁的新颖意境,获得诗评家的赞赏。刘辰翁评此二诗曰:"写的是此兴味,不可复措。"(刘辰翁批点本《东坡诗集》)《唐宋诗醇》卷三十七评曰:"写瀑布奇势迭出,曲尽其妙。"胡仔评《栖贤三峡桥》中"清寒入山骨,草木尽坚瘦"两句:"精研绝韵,真他人道不到也。"(《苕溪渔隐丛话》后集卷二十九)纪昀更惊叹道:"十字绝唱!"(纪昀评点本《苏文忠公诗集》卷二十三)

这就说明:只有全中求妙,才能以妙概全。这是艺术的辩证法。苏轼深谙这一艺术辩证法。他在《送钱塘聪师闻复叙》中说:"聪能如水镜,以一含万,则书与诗当益奇。"苏轼赞扬闻复的山水诗有奇语,有画境,并希望闻复能像水镜映照万象那样"以一含万",更集中、更典型概括地反映自然美,使诗作达到更奇妙的境界。在《书鄢陵王主簿所画折枝》诗中,苏轼以"谁言一点红,解寄无边春"的诗句,赞扬王主簿画的折枝梅花能以"一点红"表现出万紫千红的无边春色,这就揭示出了自然诗以少胜多、以一含万的典型化规律。"以一含万",同司空图所说的"浅深聚散,万取一收"是一致的(《二十四诗品·含蓄》)。

由于自然诗所要描绘的对象是"无常形"的、瞬息万变的自然景物,因此苏轼非常强调诗人要善于把握在观察大自然时所产生的一刹那的印象和感受,快速地捕捉住跃动于眼前、稍纵即逝的自然景物形象。他在《答谢民师书》中说:

"求物之妙，如系风捕影。"又在《腊日游孤山访惠勤惠思二僧》诗中说："作诗火急追亡逋，清景一失后难摹。"这是苏轼对山水自然诗创作经验的又一精辟总结，对于自然诗创作具有普遍指导意义。王国维在《人间词话附录》（十六）中说："夫境界之呈于吾心而见于外物者，皆须臾之物。惟诗人能以此须臾之物，镌诸不朽之文字，使读者自得之。"便是对苏轼这一美学观点的理论发挥。苏轼在《腊日游孤山访惠勤惠思二僧》诗中，及时、准确地捕捉住"天欲雪，云满湖，楼台明灭山有无，水清出石鱼可数，林深无人鸟相呼"这一系列情景，才能把冬日西湖静谧、秀丽的风姿和自己怡然自得的心情，表现得那么美妙动人。

七

一切艺术创作的中心课题是创造形神兼备的艺术形象。对于自然诗来说，就是要创造出形神兼备的山水自然景物形象。苏轼的自然诗观，对于这个问题作了比前人更为丰富、深刻的论述。

他在《书鄢陵王主簿所画折枝》诗中说：

> 论画以形似，见与儿童邻。赋诗必此诗，定非知诗

人。诗画本一律,天工与清新。边鸾雀写生,赵昌花传神。何如此两幅,疏淡含精匀……

他反对诗和画创造艺术形象只求形似,赞美边鸾、赵昌和王主簿这三位画家所绘的花鸟形象达到了"写生""传神"的更高境界。他在《题过所画枯木竹石三首》(其一)中说:"老可能为竹写真,小坡今与石传神。"

人们都知道,山水风月、草木鸟兽等自然事物和现象没有意识,是无所谓"精神"的。精神是作为"万物之灵"的人的大脑特有的机能。苏轼所谓传自然物之神,这"神"的真正涵义究竟是什么呢?

苏轼既然把自然物看作是独立于人的精神、意识之外的客观存在,自然万物各有其经常变动或相对固定的具体形态,可以为人们所感知。而自然物的生长、运动、发展和变化,均受其本身固有的规律所支配。事物的规律,或称本质,是事物的内在联系,是人的感觉器官所不能直接感知的。人要认识它,必须使感性认识向理性认识推移和深化。苏轼既看到自然物之外形,更认识到自然物之内理。他多次指出,万物尽管"千变万化,而有必然之理"(《滟滪堆赋》),"物固有是理"(《答虔倅俞括奉议书》),有"自然之理"(《上曾丞相书》)。他在论画的文章《净因院画记》中写道:

> 余尝论画,以为人禽宫室器用皆有常形。至于山石竹木、水波烟云,虽无常形,而有常理。常形之失,人皆知之。常理之不当,虽晓画者有不知。故凡可以欺世而取名者,必托于无常形者也。虽然,常形之失,止于所失,而不能病其全。若常理之不当,则举废之矣。以其形之无常,是以其理不可不谨也。世之工人,或能曲尽其形,而至于其理,非高人逸才不能辨。

苏轼在这里强调艺术家描写自然物,如果"常形之失",即外形描摹上有缺陷,也还无关大局;倘若"常理之不当",即违背了自然物的本质特征和规律性,整篇作品就完全失败了。苏轼还强调指出:山石竹木、水波烟云这一类自然物变幻不定,没有比较固定的形体,要描写它们务须更细心、谨慎地分辨和把握它们的常理,绝不能借口无常形便乱画一气。接着,苏轼又举文与可画竹为例深入论证说:

> 与可之于竹石枯木,真可谓得其理矣。如是而生,如是而死,如是而挛拳瘠蹙,如是而条达畅茂,根茎节叶,牙角脉缕,千变万化,未始相袭,而各当其处。合于天造,厌于人意,盖达士之所寓也欤。……必有明于理而深观之者,然后知余言之不妄。(《净因院画记》)

文与可对自然界竹子的生长变化规律作了认真、透彻地观察、研究,因此他笔下的墨竹不仅能够生动地表现出竹的形态,而且无论"根茎节叶、牙角脉缕"均"各当其处","合于天造,厌于人意",栩栩如生。由此可见,对于没有精神意识的自然物来说,所谓"传神",首先便是要通过真实生动的形象描绘,表达出自然物固有的"必然之理"。

　　然而,如果自然景物形象仅仅是表现了客观对象的物态和物理,而不同时表现诗人的思想感情,就绝不可能产生感人肺腑的诗意。王夫之在《薑斋诗话》卷二中指出"烟云泉石,花鸟苔林"等自然物一入诗中便须有"寓意","寓意则灵"。所谓"意",就是作者主观的思想感情、理想愿望等。苏轼非常强调"写意"。除前引的"寓意于物"外,他还说过:"文以达吾心,画以适吾意而已。"(《书朱象仙画后》)"巧者,以意绘画。"(《怪石供》)他赞扬赵云子的画"笔略到而意已具"(《跋赵云子画》),批评屈鼎的山水画"有笔而无思致"(《书许道宁画》)。而在《文与可画篔筜谷偃竹记》一文中,苏轼转述画家文与可的"画竹必先得成竹于胸中"一语,更概括了"意在笔先"这一艺术创作规律。可见,苏轼对于描写自然物传神的要求,是同时包括揭示自然物内在的必然之理和抒写作者的主观情意这两个方面的。传神的自然景物艺术形象，必须是生动的物形、深刻的物理和作者真挚的情意这三者的有机融合，缺一不可。

苏轼更进一步地把创造传神的自然景物形象同展现韵味深长的意境联系起来。自然诗固然要创造生动鲜明、形神兼备的自然景物形象，但更重要的是创造情景交融、浑融完整、滋味无穷的意境。意境是比形象更高一级的美学范畴，是自然诗形象创造的归宿，是自然诗的灵魂。苏轼深知意境创造的重要意义，他在《题渊明饮酒诗后》和《书诸集改字》两则题跋中两次提出"境与意会""最有妙处"，并且一再强调诗歌的"一篇神气"的重要性。这实际上说的就是意境。他称赞王维的画"得之于象外"（《王维吴道子画》），又很赏识司空图关于诗歌要有"味外之味"的见解。在《书黄子思诗集后》中，他表彰钟繇和王羲之的书法"萧散简远，妙在笔画之外"，赞扬韦应物和柳宗元的诗歌"发纤秾于简古，寄至味于淡泊"，并说："唐末司空图……论诗曰：梅止于酸，盐止于咸，饮食不可无盐梅，而其美常在咸酸之外。……予三复其言而悲之。……信乎表圣之言，美在咸酸之外，可以一唱而三叹也。"他虽然赞赏柳宗元的《渔翁》诗"有奇趣"，却说"然其尾两句，虽不必亦可"（惠洪《冷斋夜话》卷五），主张删去。可见他非常重视自然诗意境的完整浑融和富有余味。而在《书鄢陵王主簿所画折枝》中，他说："论画以形似,见与儿童邻。作诗必此诗,定非知诗人。"认为自然诗描绘景物形象如果拘泥形似,写得太实太板,便只能有象内之意,创造不出韵味无穷的意境;只有神似的景物形象,才能"境出象外",从而展现出比形象本身含义更丰富深远的意境。接着,他又以赵昌和王主簿画花为例,进一步论证传神的形象同意境的关系:由于"赵昌花传神"和王主簿的折枝花"疏淡含精匀",从而才能以"一点红""解寄无边春",使作品产生了深远的意境。

苏轼把传物之神同创造意境联系起来的美学思想是富于创造性的。在苏轼之前,中唐的皎然把诗的形象和意境联系起来,提出了"境界说",并认为诗歌应"采奇于象外"(《诗评》),有"文外之旨"(《诗式》卷一)。刘禹锡也说过"境生于象外,故精而寡和"(《董氏武陵集纪》),指出意境可从形象之外求得。到了晚唐的司空图,更提出"离形得似"(《二十四诗品·形容》),认为形象创造可以在一定程度上离开形似,却能达到"神似"的最高境界。与此同时,他反复论述过"象外之象,景外之景"(《与极浦书》)、"味外之旨"、"韵外之致"(《与李生论诗书》)等,说的都是意境问题。但他并没有直接把"离形得似"的形象创造同"味外之旨"的意境展现直接联系起来探讨。苏轼继承和发展了前人的这些美学见解,更深一步地指出只有创造出神似的艺术形象,才有可能展现韵味无穷的意境。这样，苏轼便为"传神说"和"意境说"搭起了桥，把二者紧密联系起来，揭示它们的因果关系。这当然是很有见地的。

八

客观自然美是丰富多彩，变化万端的。苏轼多次论述自然美的丰富性、多变性和不稳定性。他说："风雨云月，阴晴蚤暮，态状千万。"（《答上官长官书》）又说："江河之大，与海之深兮，可以意揣，唯其不自为形，而因物以赋形，是故千变万化。"（《滟滪堆赋》）

人们在欣赏自然美时，由于各自禀性气质、生活经历和艺术素养的差别，对绰约多姿的自然美的欣赏，便有不同的爱好与兴趣。苏轼生活阅历深广，视野开阔，感情豪迈奔放，因此他最爱欣赏和表现的，是那些在美的现象形态上属于"阳刚之美"的、壮丽雄奇的山水自然景物。他在《正月二十日病后述古邀往城外寻春》诗中写道："曲栏幽榭终寒窘，一看郊原浩荡春。"这两句诗，可以说是苏轼审美趣味的形象表述。他认为：宫苑花园里的曲栏幽榭的美，是寒窘、矫饰、不自然的；而与劳动人民的生活和劳动密切相关的郊原，却有自然、纯朴、浩荡的美，能使人视野开阔、心旷神怡。这表明了苏轼具有健康开朗的、与劳动人民相接近的审美情趣。在前引的《六一泉铭》中，苏轼也表白过他对江山的"奇丽秀绝之气"最为神往。

因此，他在《跋蒲传正燕公山水》中说：

> 画以人物为神，花竹禽鱼为妙，宫室器用为巧，山水为胜；而山水以清雄奇富、变态无穷为难。

这里谈的是画，同样适用于诗。苏轼提倡在山水诗画中创造这样一种"清雄奇富、变态无穷"的意境美。他认为这是艺术上最难的课题，也是最美的境界。他自己在山水诗的创作实践中，敢于迎难而上，努力去摄取和描绘清新、雄壮、瑰奇、丰富、多变的山水景象，创造清雄奔放的意境。他的《有美堂暴雨》《行琼儋间肩舆坐睡，梦中得句……》《白水山佛迹岩》等山水诗篇，便是富于这种"清雄奇富、变态无穷"意境的代表作品。

那么，怎样去创造这种"清雄奇富、变态无穷"的意境呢？苏轼在《虔州八境图》诗的题记中说：

> 南康八境图者，太守孔君之所作也。君既作石城，即其城上楼观台榭之所见而作是图也，东望七闽，南望

五岭，览群山之参差，俯章贡之奔流。烟云出没，草木蕃丽，邑屋相望，鸡犬之声相闻……。苏子曰：此南康之一境也。何从而八乎？所自观之者异也。且子不见乎日乎？其旦如盘，其中如珠，其夕如破璧，此岂三日也哉！苟知夫境之为八也，则凡寒暑、朝夕、雨旸、晦明之异，坐作、行立、哀乐、喜怒之变，接于吾目而感于吾心者，有不可胜数者矣！岂特八乎？如知乎八之出乎一也，则夫四海之外。该诡谲怪，《禹贡》之所书，邹衍之所谈，相如之所赋，虽至千万未有不一也。后之君子，必将有感于斯焉。

苏轼在这里指出：太阳虽只有一个，但在早晨、正午、傍晚，却分别呈现出如盘、如珠、如破璧等不同形状、光色的美。而山水风云随着寒暑朝夕、雨晴晦明的变化，更是丰富多彩、瞬息变幻的。加上欣赏者的坐作行立、喜怒哀乐的不同，引起的美感自然就各各有别了。因此，诗人如果善于同时把握和表现客观外物和主观心境的变化，便能在诗中展现出变态无穷、毫不雷同的意境。

苏轼特别爱好表现雄奇壮美的山水景色，但他并不认为山水诗就只能表现这一类型的自然美。苏轼是反对"程试文字，千人一律"（《答王庠书》）的，他在《答张文潜书》中写道：

> 文字之衰，未有如今日者也。其源实出于王氏。王氏之文，未必不善也，而患在于好使人同己。自孔子不能使人同，颜渊之仁，子路之勇，不能以相移，而王氏欲以其学问同天下！地之美者，同于生物，不同于所生。惟荒瘠斥卤之地，弥望皆黄茅白苇，此则王氏之同也。

这段话指出：凡是肥沃丰美的土地，都能茂盛地生长着植物，但所生长的植物却千姿百态、风貌不同。对于如此丰富多彩的自然美，需要以多种多样的个性鲜明的艺术形式和风格去表现。因此，他反对王安石"欲以其学问同天下"，强制推行一种学术思想和单一的文章风格。他认为那样做的结果，只能造成"文字之衰"，如同"荒瘠斥卤之地，弥望皆黄茅白苇"一样。他还在《饮湖上初晴后雨》中写道：

> 水光潋滟晴方好，山色空濛雨亦奇。欲把西湖比西子，淡妆浓抹总相宜。

这首吟咏西湖的名作，也可以看作是苏轼这一美学见解的形象表述。表现不同风姿情态的自然美，不应只用单调的手法。可以"浓抹"，也可以"淡妆"；可以是"气象峥嵘，彩色绚烂"，也可以是"外枯而中膏，似淡而实美"。只要适合自然物对象的品格和形貌特征便好。苏轼山水诗之所以"有汗漫者,有典丽者,有丽缛者,有简淡者,翕张开合,千变万态"(刘克庄《后村诗话》前集),呈现出多姿多彩的艺术风格,正是他在这一美学思想指导下努力实践的结果。

九

以上,我们评述了苏轼自然诗观的主要论点。

苏轼关于认识和表现自然美的诗歌美学观点,比较分散、零碎;集中起来看,却显得相当完整和系统。可以说,它们已形成了一个颇有特色的自然诗的理论体系。

笔者认为,苏轼自然诗观的第一个特色是:理论和实践的结合。苏轼既广泛吸收前人在自然诗画创作中表现自然美的艺术经验,又认真总结自己创作自然诗画的心得体会,紧密联系着艺术创作实际,有感而发,因而显得生动真切、毫不枯燥,对于自然诗的创作有着具体的指导意义。同时,苏轼又能把自然诗创作中出现的具体问题,予以提炼,升华到艺术哲学即美学的高度上来研究,提出了一系列高度概括的美学范畴,阐明了一些具有普遍意义的艺术创作的规律。因此,它既有实践性,又有理论性,是理论与实践结合的结晶。

苏轼自然诗观的第二个特点是:广泛性和深刻性的结

合。苏轼论述了山水自然美的来源和本质，美和美感的关系，美与实用的区别，自然美的无限丰富性、多样性和不稳定性，诗人创造性地再现自然美过程中的情感活动，深入体验大自然，全面、辩证地认识和把握自然美的方法，自然诗创作的艺术典型化，自然景物形象形似与神似的关系，神似的自然景物形象同意境的关系，自然美的丰富性与自然诗艺术风格多样性的关系等重要问题。在苏轼以前，陆机、钟嵘和刘勰探讨过诗歌创作和自然景物的关系问题。唐代托名王昌龄的《诗格》分析了山水诗创作的"物境""情境"和"意境"的创造问题。皎然在《诗式》中提出了较完整的"境象说"，并在《诗评》中具体指出诗人描绘"天地秋色"的自然美时，要善于状写大自然的"飞动之趣"和"冥奥之思"。晚唐的司空图着重总结唐代王孟山水田园诗派在写景抒情中所积累的丰富艺术经验，比较系统地讨论了自然诗的意境、韵味和风格问题。到了北宋，梅尧臣和欧阳修指出"状难写之景如在目前，含不尽之意见于言外"（《六一诗话》引梅尧臣语）；王安石则总结了反映自然美要动静结合，"静中见动""动中见静"（胡仔《苕溪渔隐丛话》卷三十三录《冷斋夜话》引王安石语）。以上这些人，都对自然诗的创作和理论问题发表了一些精辟的见解。但没有一个人像苏轼那样，作出范围如此广泛的、多方面的探讨和总结。因此可以说，苏轼是中国古典山水、自然诗理论在北宋的集大成者,他首先建立起一个相当完整的自然诗观。苏轼的自然诗观对于后代关于山水、自然诗理论的继续深入探讨,特别是对于清代的王夫之、叶燮和王国维各自建立更具理论高度和深度的自然诗观,产生了巨大深远的影响。例如,王夫之论述"两间之固有者,自然之华,因流动生变而成其绮丽"(《古诗评选》卷五),论述情与景、形与神、虚与实,以及意、象、势、理、趣的关系,强调写景要"身之所历,目之所见,是铁门限"(《薑斋诗话》卷二),要通过"状物态"去"穷万理"(《薑斋诗话》卷一),都继承和发展了苏轼的有关论点。而叶燮在《原诗》中对山水诗和游览诗艺术创作问题所作的高度理论概括,王国维在《人间词话》等美学著作中对诗词如何表现自然美和创造意境的许多精彩论述,也都或多或少地受到苏轼的启发。

综观苏轼的自然诗观,我以为关键是"美""神""变""理""意"五个字。在他看来,大自然是美的,诗人要善于传自然景物之神,尽自然万物之变,穷自然固有之理,寓主观之情意。一句话,其美学思想的核心,是传神写意。因此苏轼的自然诗观,也可以说是着重传神写意的自然诗观。

苏轼自然诗观的第三个特点,是诗论与画论、书论、文论的结合。苏轼多才多艺,通晓各门艺术,并认为各门艺术有着共同的规律,彼此可以相通。他说:"物一理也,通其意则无适而不可。分科而医,医之衰也。占色而画,画之陋也。和、缓之医,不别老少;曹、吴之画,不择人物。谓彼长于是则可也,曰能是不能是则不可。"(《跋君谟飞白》)他提出"诗画本一律,天工与清新"(《书鄢陵王主簿所画折枝二首》其一);"诗中有画""画中有诗"(《书摩诘蓝田烟雨图》);"诗不能尽,溢而为书,变而为画"(《文与可画墨竹屏风赞》)。正因为看到诗与书画的共同点,所以他在探讨自然诗创作的艺术规律时,能吸取山水、景物画以及书法创作的艺术经验,常以画法、书法论诗,使他的自然诗观更生动活泼,并且更有普遍性。

总之,苏轼的自然诗观,对于我国古代山水自然诗歌创作所积累的丰富艺术经验,作了比较多方面的、精辟的理论概括和总结。这是苏轼留给我们的一笔宝贵的美学遗产。他所提出的许多真知灼见,对于今天的诗歌理论研究和创作,仍有重要的参考和借鉴意义。

---

① 韩侍桁译《近代日本文艺论集》,北新书局1929年版。
② 如:陆润棠《从电影手法角度分析王维的自然诗》,《新亚学术集刊》1978年第一期;林林《中日的自然诗观》,《世界文学》1980年第五期;叶维廉《中国古典诗中和英美诗中山水美感意识的演变》,《文学评论丛刊》,中国社会科学出版社1981年版,第九辑。

③ 葛赛尔记,沈琪译《罗丹艺术论》,人民美术出版社1978年版,第27页。
④ 转引自朱光潜《西方美学史》下卷,第13页,人民文学出版社1964年版。
⑤ 马克思《1844年经济学哲学手稿》,刘丕坤译,人民出版社1979年版,第80页。
⑥ 郭沫若《文艺论集·论诗三札》,《郭沫若文集》卷十。
⑦ 《歌德谈话录》,爱克曼辑录,朱光潜译,人民文学出版社1978年版,第129页和136页。

第三讲

苏轼论艺术风格

北宋杰出的文学家苏轼的文艺思想非常丰富，其中关于创作论部分尤为精彩。苏轼的创作论，不仅总结了许多宝贵的创作经验，而且触及一些重要的艺术规律问题，对于我们今天的文艺创作和理论研究仍具有重要的借鉴意义。本文拟就苏轼对于艺术风格的论说，作初步的整理和探讨。

一

苏轼是一位思想旷达、胸襟开阔、感情奔放、想象丰富的诗人。他的诗歌创作具有以清雄豪放为主调的丰富多样的艺术风格。苏轼论风格，标举雄放。他在《王维吴道子画》一诗中写道：

> 道子实雄放，浩如海波翻。当其下手风雨快，笔所未到气已吞。

以生动形象的诗句赞扬唐代画家吴道子雄放浩荡的艺术风格。在《答陈季常书》中写道：

> 又惠新词，句句警拔，诗人之雄，非小词也。

对友人陈季常写出具有"诗人之雄"的豪放警拔的词篇，作出高度的评价。

苏轼称许诗人和书画家清雄、豪放风格的言论很多。例如：他赞扬唐代画家朱瑶"得法尚雄深"（《过广爱寺三首》其三），张旭的草书"颓然天放，略有点画处而意态自足"（《书唐氏六家书后》）；推尊李白诗"豪俊"（《书太白集》），韩愈诗"豪放奇险"（《评韩柳诗》）；对于宋代书画家米芾书文作品"清雄绝俗"（《与米元章书》）的风格，也表示了钦佩。

苏轼颇为欣赏自己的一些具有豪放风格的词篇。他在《与鲜于子骏书》中写道：

> 近却颇作小词，虽无柳七郎风味，亦自是一家。呵呵！数日前，猎于郊外，所获颇多，作得一阕，令东州壮士抵掌顿足而歌之，吹笛击鼓以为节，颇壮观也。

这封书札写于他创作了《江城子·密州出猎》词篇以后不久。这首词鲜明地体现出苏轼"自是一家"的豪放词风，是他对充满"绮罗香泽"之态的传统婉约词进行大胆革新的标志。因此，他在信中流露出兴奋得意之情。

苏轼在雄心勃勃的青壮年时代，对于这种豪放、雄壮风格大力提倡，但到了饱经忧患的晚年，却推崇平淡朴质的风格。

他在《评韩柳诗》中说：

> 柳子厚诗在陶渊明下，韦苏州上。退之豪放奇险则过之，而温丽靖深不及也。所贵乎枯澹者，谓其外枯而中膏，似澹而实美，渊明、子厚之流是也。若中边皆枯澹，亦何足道。佛云："如人食蜜，中边皆甜。"人食五味，知其甘苦者皆是；能分别其中边者，百无一二也。（《评韩柳诗》）

这种"外枯而中膏，似澹而实美"的风格，亦即他在《与苏辙书》中评陶渊明诗所说的"质而实绮，癯而实腴"（苏辙《追和陶渊明诗引》引）的风格。其特点是：感情浓烈深厚而淡淡出之，内容丰富充实却非常精练。初看，似乎枯淡、干瘪；细细品味，竟有内蕴的绮美，无穷的韵致。这是一种"豪华落尽见真淳"（元好问《论诗三十首》）的风格。

在苏轼看来，这种平淡风格高于豪放，是作家在艺术上达到炉火纯青境地的表现。他在品评王维和吴道子的画时，虽然称赞吴的"豪放"，却更推崇王"得之于象外，有如仙翮谢笼樊"，并明确说："吾观二子皆神俊，又于维也敛衽无间言。"(《王维吴道子画》)他评"柳子厚诗在陶渊明下、韦苏州上"，评韩愈"豪放奇险"胜柳，但"温丽靖深不及"柳，都是按照这一观点区分高下的。

这就牵涉到一个问题：苏轼的诗风与他对诗风的倡导是否矛盾？有些论者认为是互相矛盾的。郭绍虞先生在《沧浪诗话校释》中说："我以前在《诗话丛话》中有一节说明东坡诗的作风与其论诗主张正相反背，……现在讲这一节更可说明此中关系。盖东坡才气豪迈，诗如其文，也有'行乎其所不得不行，止乎其所不得不止'的情形。但其论诗宗旨则又重在'发纤秾于简古，寄至味于澹泊'，不要这般一泻无余。"笔者认为，这一看法并不符合实际。因为苏轼的论诗宗旨，确曾大力倡导豪放；只是到了晚年，才以简古淡泊为贵。而他的诗歌风格虽以清雄豪放为主调，却又丰富多样。正如刘克庄所云："坡诗略如昌黎，有汗漫者，有典丽者，有丽缛者，有简淡者，翕张开合，千变万态。"(《后村诗话》前集)事实上，苏轼青壮年时期的诗中，便有不少具有陶潜诗的"质而实绮，癯而实腴"，清新淡雅，韵味悠然之作；而在晚年，随着他对这种澄澹深醇诗风的极力推尊，他的这类作品便越来越多。他前后总共写了一百多首和陶诗，即是明证。如果深入、全面地考察，苏轼的诗风和其论诗宗旨基本上是一致的，并非"正相反背"。

二

苏轼的风格论，精辟地研讨了不同艺术风格之间对立而统一的辩证关系。他所推尊的"外枯而中膏，似澹而实美""质而实绮，癯而实腴"和"发纤秾于简古，寄至味于澹泊"（《书黄子思诗集后》）的风格，便包含了把枯淡与丰腴、朴质与绮丽、简古与纤秾这些对立的风格辩证地统一起来的美学理想。在苏轼看来，尽管各种风格都以其鲜明特色而与别的风格相区别，但它们绝非绝对对立、彼此排斥，而是相互联系、你中有我的。卓越的作家往往善于把对立的风格融会贯通，使之互相补益，产生相反相成的艺术效果。他在《次韵子由论书》中写道：

> 吾虽不善书，晓书莫如我。苟能通其意，常谓不学可。貌妍容有颦，璧美何妨椭。端庄杂流丽，刚健含婀娜。

端庄、刚健与流丽、婀娜,都是健美的风格。但过分婀娜,可能流于妖冶靡丽;一味刚健,也易失于生硬直露。苏轼认为应该把它们结合起来,取长补短,作品便丰美多姿了。苏轼深谙不同风格之间的这种对立统一的辩证关系,所以他提倡作家以一种风格为主调,同时又多方吸取其他风格之长,做到多样化的统一;反对囿于一隅,狭窄地拘守一种风格。他在《书黄鲁直诗后》说:"鲁直诗文如蝤蛑、江瑶柱,格韵高绝,盘飧尽废。然不可多食,多食则发风动气。"既赞扬黄庭坚诗文的高雅绝俗,又批评黄单纯地追求这一种风格。他在上引《答陈季常书》中,既称赞陈季常的词豪放警拔,又提醒陈不要一味豪放:"豪放太过,恐造物者不容人如此快活。"这句话的意思是说,现实生活是错综复杂、千变万化的,不容许作家用单一的、固定不变的风格去表现它。

苏轼看到了社会生活现象的多样性和作家创作个性的差异性,因此他认为同一个时代作家作品的风格应该是多种多样、千姿百态的,任何人都不能强制推行某一种风格。他在《答张文潜书》中写道:

> 文字之衰,未有如今日者也。其源实出于王氏。王氏之文,未必不善也,而患在于好使人同己。自孔子不能使人同,颜渊之仁,子路之勇,不能以相移;而王氏

欲以其学同天下！地之美者，同于生物，不同于所生；惟荒瘠斥卤之地，弥望皆黄茅白苇，此则王氏之同也。

苏轼指出王安石的文章"未必不善"，但他"患在好使人同己"，强制天下推行他这一种学说和文章风格，结果造成文学之衰落。苏轼还用生动的比喻有力地说明：正如在肥美土地上才有生机蓬勃、姿态各异的植物一样，文学的繁荣必然是风格多样化的；相反，压制多种多样的风格，便只能像"荒瘠斥卤之地，弥望皆黄茅白苇"一样，摧残和扼杀了文学的生机。让我们再看苏轼的《饮湖上初晴后雨》诗：

水光潋滟晴方好，山色空濛雨亦奇。欲把西湖比西子，淡妆浓抹总相宜。

这首吟咏西湖山水的千古绝唱，也可以看作是苏轼主张艺术的表现方法和风格应该多样化的形象表述。西湖在春夏秋冬、阴晴雨雪中呈现出不同姿态、色调和情趣的美。因此，艺术地反映和再现西湖美，既可以"浓抹"即运用绚丽色彩、浓重笔墨；也可以"淡妆"即纯用白描，不加雕藻。只要同所要表现的对象"相宜"便好。

从苏轼对具体作家和作品的评论中，可以看到他对多种多样风格的提倡。在《书黄子思诗集后》中，他称颂李陵、苏武诗的"天成"，曹植、刘桢诗的"自得"，陶潜、谢灵运诗的"超然"，韦应物、柳宗元诗的"简古""澹泊"，司空图诗的"高雅"，以及钟繇、王羲之书法的"萧散简远，妙在笔画之外"。他特别推崇李白和杜甫诗"凌跨百代"的"英玮绝世之姿"。在《书唐氏六家书后》中，他赞扬了"深稳""疏淡"的永禅师书，"妍紧拔群"的欧阳询书，"清远萧散"的褚遂良书，"颓然天放"的张旭书，"雄秀独出"的颜真卿书，"自出新意"的柳公权书。苏轼还认为各种艺术风格各具特色、互有长短，不应随意轩轾。因此，他不赞成杜甫论书仅以"瘦硬"为贵的艺术主张，在《孙莘老求墨妙亭》诗中说："杜陵评书贵瘦硬，此论未公吾不凭。短长肥瘦各有态，玉环飞燕谁敢憎。"对于不同的艺术风格，个人完全可以有所偏爱，但不可偏评。无疑地，苏轼的意见比杜甫的意见通达。明代文学家杨慎说："方逊志云：'杜子美论书，则贵瘦硬；论画马，则鄙多肉。'此自其天资所好而言耳，非通论也。大抵字之肥瘦各有宜，未必瘦者皆好，而肥者便非也。譬之美人然，东坡云：'妍媸肥瘦各有态，玉环飞燕谁敢轻。'……此言非特为女色评，持以论书画可也。"(《字画肥瘦》)他认为苏轼的意见正确。

艺术风格既然如此丰富多样，那么，究竟怎样的风格才是健康、积极、优美的呢？苏轼进一步探讨了这个问题，提出了对各种不同风格进行品评的共同艺术标准。他认为，好的风格首先必须"清新"。他指出："诗画本一律，天工与清新。"（《书鄢陵王主簿所画折枝二首》其一）又赞扬文与可的墨竹"无穷出清新"（《题文与可墨竹》），吴道子的画"出新意于法度之中，寄妙理于豪放之外"（《书吴道子画后》）。所谓清新，正如杨慎所云："清者，流丽而不浊滞；新者，创见而不陈腐也。"（《清新庾开府》）其次，必须本色、自然。他说"新诗如洗出，不受外垢蒙"（《僧惠勤初罢僧职》）；"新诗如玉雪，出语便清警"（《送参寥师》）；"新诗如弹丸，脱手不暂停"（《次韵答王巩》）；"好诗真脱兔，下笔先落鹘"（《送欧阳推官赴华州监酒》）。又说"好诗冲口谁能择""乞取千篇看俊逸"（《重寄孙侔》）。这都是提倡诗歌创作要有真情实感、自然流露，风格是不能矫揉造作，勉强为之的。再次，他要求好的风格必须雄健充实，而不是寒俭窘迫、力孱气弱、捉襟见肘。他说："曲栏幽榭终寒窘，一看郊原浩荡春。"（《病后述古邀往城外寻春》）由于他爱好生机蓬勃、境界开阔的自然美，所以对于艺术，很不满意那种拘谨、窘促的风格。他反对画竹"节节而为之，叶叶而累之"（《文与可画筼筜谷偃竹记》），批评司空图的诗句"棋声花院静，幡影石坛高""寒俭有僧态"，而赞赏杜甫的诗句"五更山吐月，残夜水明楼""才力富健,去表圣(司空图)之流远矣"(《书司空图诗》)。总之,无论何种风格,都必须清新、自然、健美。这便是苏轼对风格的品评标准。

因此,苏轼对于那些缺乏清新、自然和健美素质的风格,分别情况,给予不同程度的批评。在《读孟郊诗二首》中,他说孟郊"诗从肺腑出,出则愁肺腑,有如黄河鱼,出膏以自煮",又如"水清石凿凿,湍激不受篙",肯定了孟诗有真情实感、清浅激切的优点;但同时又指出读孟郊诗"初如食小鱼,所得不偿劳,又似煮蟛蜞,竟日持空螯""何苦将两耳,听此寒虫号",批评孟诗苦寒、瘦涩、生硬、空疏等。最后更以"要当斗僧清,未足当韩豪"二语作总评,指出孟郊诗清空一面可与贾岛媲美,却不足以同韩愈豪放的诗风相匹敌。他批评黄庭坚的书法"虽清劲,而笔势有时太瘦,几如树梢挂蛇"(曾敏行:《独醒杂志》卷三引)。这些评语都以是否清新、自然、健美来衡量作品的风格,又能坚持一分为二,实事求是,所以十分中肯、公允。苏轼说过:"诗须要有为而作。……好奇务新,乃诗之病。"(《题柳子厚诗》)他最厌恶那些违背"有为而作"的创作目的,脱离思想内容,一味追新求怪、尚奇弄险的形式主义作风。他既反对西昆派的"浮巧轻媚、丛错采绣",也鄙视当时那些"求深者或至于迂,务奇者怪僻而不可读"(《谢南省主文欧阳内翰启》)的作者。他严厉指责西汉作家扬雄及其在北宋的追随者"好为艰深之词,以文浅易之说"(《答谢民师书》)。他在《评杜默诗》中写道:

> 默之歌少见于世,初不知之。后闻其篇云"学海门前老龙,天子门前大虫",皆此等语。甚矣介之无识也!……吾观杜默豪气,正是东京学究饮私酒食瘴死牛肉饱后所发者也。作诗狂怪,至卢仝、马异极矣,若更求奇,便作杜默。

苏轼指斥卢仝、马异和杜默这一类诗人的诗歌狂怪粗鄙,同豪放风格风马牛不相及。而北宋古文运动的老前辈石介却在《三豪》诗中称赞"杜默豪于歌"。所以苏轼很不客气地批评石介"无识"。

马克思论法国作家沙多勃利昂的风格说:他是把虚荣心用"浪漫的外衣,用新创的词藻来加以炫耀;虚伪的深奥,拜占庭式的夸张,感情的卖弄,色彩的变幻,文字的雕琢,矫揉造作,妄自尊大"[①]。读了马克思这段精彩的评论,我们更能体会苏轼对于各种好奇务新、尚怪猎险的形式主义风格的批评,是多么切中要害!

毋须讳言,苏轼对一些作家作品风格的批评,也有偏颇不当之处。例如，他批评过孟浩然的诗"韵高而才短，如造内法酒手而无材料"（陈师道《后山先生文集》卷二十三《诗话》引），恰恰暴露出他自己在诗里铺排典故、逞才炫博的毛病。他评黄庭坚的诗"格韵高绝"（《东坡题跋》卷二）也有偏高之处。他以"元轻白俗"（许𫖮《彦周诗话》引苏轼语）一语概括并贬低元稹和白居易诗风更不允当。他对平民出身的画工的创作一概贬斥则是错误的。这就表现出苏轼品评艺术风格还不能完全摆脱贵雅贱俗的士大夫审美偏见。

三

艺术风格是艺术家创造性的艰苦劳动的结晶，是他在艺术上走向成熟的重要标志之一。因此凡是成熟的艺术风格，一定是鲜明独特、别树一帜的。苏轼十分热情地倡导艺术家去创造真正富有独创性的艺术风格。

苏轼在自己多方面的艺术创作实践中，作出了独创崭新风格的示范。他赋诗，努力"吟哦出新意"（《次韵和刘贡甫登黄楼见寄二首》）；他填词，要以诗为词"自是一家"；他绘画，标榜"东坡虽是湖州派，竹石风流各一时"（《题李龙眠所画〈憩寂图〉》）；他作书，宣称："吾书虽不甚佳，然自出新意，不践古人，是一快也！"（《评草书》）

苏轼反对一味临摹、以模仿代替创造。曾敏行《独醒杂志》卷五载："客有谓东坡曰：章子厚日临兰亭一本。坡笑云：工摹临者，非自得。章七终不高尔。"彭孙遹《词藻》卷一载：

> 秦少游自会稽入京见东坡。坡云："久别，当作文甚胜，都下盛唱公'山抹微云'之词！"秦逊谢。坡遽云："不意别后公却学柳七！"秦答曰："某虽无识，亦不至是。先生之言，无乃过乎？"坡云："'销魂，当此际'，非柳词句法乎？"秦惭服。

从以上两则记载，可见苏轼非常鄙视因袭模拟，认为那是最没有出息的。

那么，怎样去创造新颖独创、"自是一家"的艺术风格呢？苏轼总结了自己丰富的创新经验，提出了许多精辟的见解。

苏轼认为要创新必须善于"随物赋形"。他在《自评文》中说："吾文如万斛泉源，不择地皆可出，在平地滔滔汩汩，虽一日千里无难，及其与山石曲折，随物赋形，而不可知也。所可知者，常行于所当行，常止于不可不止，如是而已矣。"他在《画水记》中也称赞画家孙位画水"始出新意，画奔湍巨浪，与山石曲折，随物赋形，尽水之变"。

大自然和社会生活是文艺创作的源泉。"随物赋形"就是说，文学艺术家创造艺术形象，必须根据客观事物，忠实于自然和社会生活。这是苏轼创作论中最根本的一点，一切都由此引申而出，可以说是他创作论的基石。值得注意的是，苏轼把"随物赋形"同"出新意"直接联系起来，这是很有见地的。因为，作为艺术家表现对象的大自然和社会生活现象是无比丰富、气象万千的；那么，艺术家只要能够做到"随物赋形"，即按照大自然和社会生活事物的发展变化规律，把它们的形态、色彩、声音、气韵真实、准确、生动地再现出来，作品就会产生出姿态各异、毫不雷同的风格。苏轼还说："画以人物为神，花竹禽鱼为妙，宫室器用为巧，山水为胜，而山水以清雄奇富、变态无穷为难。"（《东坡题跋》卷五）这里指出随着表现对象的不同，作品自然呈现或神、或妙、或巧，或清雄奇富、变态无穷的风格特色。苏轼事实上已认识到大自然和社会生活不仅是艺术创作的源泉，而且是艺术创新的关键。

在"随物赋形"的前提下，苏轼还探讨了继承和创新的关系。他同杜甫一样，主张"转益多师"，广收博采前人的创作成果和经验。他教人作诗，须"熟读毛诗、国风与离骚，曲折尽在是矣"（许𫖮《彦周诗话》引）。教人作文，"宜熟看前后汉书及韩、柳文"（《与元老侄孙四首》其三）。他十分钦佩李白、杜甫、韩愈、吴道子、颜真卿、柳公权在创作中能广泛地吸收前人和今人之长，融会贯通，成为集大成的巨擘。他说："谁知杜陵杰，名与谪仙高，扫地收千轨，争标看两艘。"（《次韵张安道读杜诗》）又说："诗至于杜子美，文至于韩退之，书至于颜鲁公，画至于吴道子，而古今之变，天下之能事毕矣。"（《书吴道子画后》）他既重视继承和借鉴，又反对拜倒在古人脚下，而认为继承和借鉴只是实现创新的途径或手段，"酌古"是为了"御今"（《答俞括书》），因此提倡大胆创造，推陈出新。

继承和创新包括一个如何对待传统的艺术方法和技巧的问题。苏轼说"出新意于法度之中"（《书吴道子画后》），又说："冲口出常言，法度法前轨，人言非妙处，妙处在于是。"（周紫芝《竹坡诗话》引）他赞扬颜真卿、柳公权"始集古今笔法而尽之，极书之变"（《书黄子思诗集后》）。这里所谓"法""法度"，就是传统的艺术规则和方法。苏轼认为，要创新，必须遵守、吸收和运用前人丰富艺术经验积淀而成的这些规则和方法。但苏轼不赞成固守陈规，一味因袭旧法，他更主张"变法出新意"（《孙莘老求墨妙亭诗》），称赞"颜鲁公书，雄秀独出，一变古法"（《书太白集》）。正是由于苏轼既尊重传统的"古法"，又敢于改变那些陈旧、僵死的旧规，并善于按照表现新的题材内容的需要去探索和创造新的艺术表现方法,他在诗、文、词、书、画各个领域,都创作出了令人耳目一新的作品。

文艺创作绝非对生活素材的纯客观的复映。在文艺创作的过程中,作者如何处理题材、提炼主题、结构情节、运用语言等,都必然带着他的性格气质、思想感情、生活经历、艺术修养和审美趣味等个人特点,深深地打上作者创作个性的烙印。艺术风格即是作者的创作个性在具体作品中的鲜明表现。所谓风格就是人,其含义是说作者的创作个性决定他作品的风格。苏轼非常强调作者先天禀赋的气质、个性和才智等对形成风格的重要作用。他说,"高人岂学画,用笔乃其天,譬如善游人,一一能操船"(《次韵水官诗》),又说"文辞虽少作,勉强非天禀"(《监试呈诸试官》),认为作品的独特风格正是作者"天禀"的气质、性格的自然外露。他经常联系作者的气质和人品去分析作品的风格。他说:孔融有"英伟豪杰之气",其文亦"慨然有烈丈夫之风"(《乐全先生文集叙》);张安道"毁誉不动,得丧若一",有"迈往之气"又"尽性知命,体乎自然",故其"诗文皆清远雄丽,读者可以想见其为人"(同上);米芾的"迈往凌云之气",发而为"清雄绝俗之文,超妙入神之字"(《与米元章书》);而晁君成诗"清厚静深,如其为人"(《晁君成诗集引》),等等。因此,苏轼进一步认为,作者必须根据自己的天资禀赋进行创作,他在

《书子由超然台赋后》中说：

> 子由之文，词理精确有不及吾，而体气高妙，吾所不及。虽各欲以此自勉，而天资所短，终莫能脱。至于此文，则精确、高妙，殆两得之，尤为可贵也。

这里指出他与苏辙的先天禀赋各有长短，由此形成了或"词理精确"，或"体气高妙"的不同的文章风格。他认为，每个作者的"天资所短"是很难克服的，而苏辙在《超然台赋》一文中却克服了它，使作品"精确高妙"兼而得之，因此"尤为可贵"。他在《记少游论诗文》中又说：

> 秦少游言：人才各有分限。杜子美诗冠古今，而无韵者殆不可读；曾子固以文名天下，而有韵者辄不工。此未易以理推之也。

他赞同秦观的看法，认为杜甫长于诗而短于文，曾巩长于文而短于诗，这是由他们的才智"各有分限"而造成的。作者不能违反自己创作个性去勉强制造艺术风格。

由上述评析可以看出，苏轼正确地指出形成作品艺术风格的，既有客观因素，即作者所要描写的客观事物；又有主观因素，即作者的创作个性。作者既要"随物赋形"、尽物之变。准确逼真地描写客观事物，又须"各师成心"，忠实于自己的创作个性，才有可能创作出"文理自然，姿态横生"（《答谢民师书》）的作品。这样的作品，才是真正富于独创性风格的。

必须指出，苏轼在论述作家创作个性同艺术风格的关系时，过分夸大了作家的先天气质和禀赋的作用。但是，他也很强调作者后天的学习，认为作者的生活实践和创作实践也是形成风格的重要条件。在《送参寥师》中，他指出作诗要"阅世走人间"。在《日喻》《石钟山记》《上曾丞相书》《答俞括书》《净因院画记》《墨妙堂记》等文章中，他反复强调作者要在实践中认识客观事物，特别是要深入把握事物固有的"必然之理"。在《题渊明诗》《书子美云安诗》《书司空图诗》等题跋中，他用自己品评诗歌的具体事例，说明深广的阅历是创作和鉴赏活动的前提和基础。而在《文与可画筼筜谷偃竹记》《答谢民师书》《书李伯时山庄图后》《书黄道辅〈品茶要录〉后》《众妙堂记》等文章和书跋中，他进一步指出作者必须"有道有艺""技道两进"，即不仅要掌握物理，还要有高超的艺术技巧。此外，他还说过"清诗要锻炼，乃得铅中银"（《崔文学申携文见过》），并在许多诗文中多次强调艺术创作要千锤百炼，反复修改。苏轼对于形成独创、成熟风格的各种条件，都一一认识到了。

苏轼不仅全面、正确地论述了创造独特、成熟的艺术风格的重要原则，而且还从以下三个方面，为青年作者指出创造崭新、成熟风格的具体方法和途径：

第一，必须先放纵，后收敛。他在《答李廌书》中写道：

> 惠示古赋近诗，词气卓越，意趣不凡，甚可喜也。但微伤冗，后当稍收敛之。今未可也。足下之文，正如川之方增，当极其所至。霜降水落，自见涯涘，然不可不知也。

这里虽是具体针对李廌的创作而谈，却具有普遍性的指导意义。有才华的青年作者的创作，往往热情奔放，词气卓越，意趣不凡；通病是缺乏节制，繁冗芜杂。因此，要学会逐步地收敛，使作品日益精练厚实，然而又不可收敛太早。收得过早，纵横驰骋、挥洒自如的艺术才能得不到充分的发展和锻炼，作品便有可能枯淡干瘪。

其二，必须先平和，后怪奇。他在《与鲁直书》中写道：

> 晁君骚词，细看甚奇丽，信其家多异材耶？然有少意，欲鲁直以己意微箴之。凡人文字，当务使平和，至足之余，溢为怪奇，盖出于不得已也。晁文奇丽似差

早,然不可直云耳。非谓避讳也,恐伤其迈往之气。当为朋友讲磨之语乃宜。不知以为然否?

青年作者生活阅历不够深广,表现技巧还不熟练,不宜过早追求"奇怪"风格,而应当自然、平实地"随物赋形"、反映生活,待到功力俱足,便能水到渠成地"溢为怪奇"。这种自然"溢"出的"怪奇",便不是矫揉造作的"狂怪"与"奇险",而是平中见奇、富有奇趣的风格。正如他评陶潜诗所说的:"观陶彭泽诗,初若散缓不收,反复不已,乃识其奇趣。"

其三,必须先绚烂,后平淡。他在给其侄赵德麟的信中写道:

> 二郎侄:得书知安,并议论可喜,书字亦进。文字亦若无难处。止有一事与汝说:凡文字,少小时须令气象峥嵘,彩色绚烂,渐老渐熟,乃造平淡。其实不是平淡,绚烂之极也。汝只见爷伯而今平淡,一向只学此样,何不取旧日应举时文字看,高下抑扬,如龙蛇捉不住,当且学此。只书字亦然。(赵德麟《侯鲭录》卷八引)

许多艺术家在青年时期豪情洋溢、风华正茂、想象丰富,作品的风格也就气象峥嵘、彩色绚烂。而到了中年以后，随着人生经验的增多，思想感情愈益深沉，艺术表现功力也逐渐老练、成熟，他们在创作中有如大匠运斤，不见斧痕，最后达到一种"非奇非怪，剥落文采，知其妙而不知其所以妙"（姜夔《白石道人诗说》）的自然高妙的艺术境界。这正是上述苏轼所大力提倡的"外枯而中膏，似澹而实美"的风格。这种平淡风格往往是艺术家思想、生活和艺术已臻成熟的表现。苏轼认为这不是一入手创作便可求得的，而是渐老渐熟、自然获致的。他还在《与李方叔书》中劝告李廌"积学不倦"，使自己"甚有得于中"，然后"落其华而成其实"。

苏轼所提出的这"三先三后"，概括了他自己以及许多卓越艺术家成功的创作经验。这"三先三后"当然并不一定适用于所有的艺术家，但却是相当多的艺术家都经历过的。在古代文学史上，王维、杜甫、苏轼、陈师道、陆游、辛弃疾等杰出诗人、词人，他们的文学风格大体上经历过这"三先三后"的发展变化过程。因此，苏轼总结出的"三先三后"，带有一定的规律性，有较为普遍的意义，对于青年作家创造独特、成熟的艺术风格，是有积极指导作用的。

四

在苏轼以前，中国文学理论批评家们已很注意艺术风格问题。魏晋曹丕的《典论·论文》和《与吴质书》首先论述了作家气质和作品风格的关系。他提出"文以气为主,气之清浊有体,不可力强而致"。把"气"分为两大类,并根据这一观点,对建安时期一些作家和作品的风格特点作了扼要的品评。他还指出文学的不同体裁有不同的风格要求,将八种文体概括为四类风格,可以说,曹丕是中国古代第一位风格理论家。但他认为作家的气质和个性是纯先天的,不可改变的,是形成作家风格的唯一因素,完全忽略了后天的学习和实践对风格的重要作用。西晋陆机在《文赋》中对风格问题的论述,基本上继承了曹丕的观点。他从作者的个性和文章体裁两个方面说明风格特点之差异,比曹丕论述得更具体、深入。齐梁钟嵘的《诗品》系统地评论了历代五言诗的作家,着重揭示他们的风格特色,并且进一步根据对作家风格的分析和比较,指出他们之间的渊源继承关系,归纳出若干创作流派。刘勰的《文心雕龙》对风格问题进行了全面、系统、深入的研究。他论述作家和作品风格的关系,尽管把才、气仍看成是第一位的,但已不认为"才"是纯先天的,而是非常强调后天的学与习的重要。他在《体性篇》中说:"夫情动而言形,理发而文见,盖沿隐以至显,因内而符外者也。然才有庸俊,气有刚柔,学有浅深,习有雅郑,并情性所铄,陶染所凝,是以笔区云谲,文苑波诡者矣。"他比前人更为详细地阐述了风格和文体的关系。他把文章风格概括为四类八体,比起曹丕、陆机的分类更为完备、系统。更有独创性的是,他论述了风格的多样化统一问题。他指出作家应有他的基本风格特征,也要根据不同的内容和体裁的需要创造多种多样的风格。他在《定势篇》中说:"渊乎文者,并总群势;奇正虽反,必兼解以俱通;刚柔虽殊,必随时而适用。……此循体而成势,随变而立功者也。虽复契会相参,节文互杂,譬五色之锦,各以本采为地矣。"他精辟地阐明了"风骨"和风格的关系,指出各种风格都应刚健、遒劲而又文采绚烂。他的风格论贯穿了对于不求风骨只求繁采的形式主义的批判精神。他还论述了风格和时代的关系。由于《文心雕龙》对各种文章体裁,特别是诗歌的不同风格特征作了细致的分类研究,这种方法对隋唐以后关于文章体裁和诗歌风格的研究产生了重要的影响。中唐的皎然用"高""逸""贞""志"等十九个字概括诗歌的风格。晚唐的司空图更把诗歌风格分成二十四种,并对它们各自的形象和境界的特征作深入的分析。这就是苏轼以前关于风格论的概况。

苏轼的风格论,广泛地吸收了前人的、主要是刘勰和司空图的研究成果。他大力标举"发纤秾于简古,寄至味于澹泊"的"高风绝尘"的风格,很明显地受到司空图推崇"澄澹精致"(《与李生论诗书》)、"趣味澄夐"(《与王驾评诗书》)

风格的影响。苏轼说:"唐末司空图崎岖兵乱之间,而诗文高雅,犹有承平之风。其论诗曰:'梅止于酸,盐止于咸,饮食不可无盐梅,而其美常在咸酸之外。'盖自列其诗之有得于文字之表者二十四韵,恨当时不识其妙,予三复其言而悲之。"(《书黄子思诗集后》)这说明苏轼非常赞赏并积极宣扬司空图的诗歌美学思想。苏轼之所以接受司空图的诗论,推崇"外枯而中膏,似澹而实美"的艺术风格,反映了他世界观中存在着虚无淡泊、超然物外的老庄和佛家的思想,从中可以看到他在饱经挫折的晚年的人生态度和艺术观点的变化。然而,从艺术上看,司空图推崇王维、韦应物这一诗派"澄澹精致"的艺术风格,是为了强调诗歌应有"象外之象"(《与极浦书》)和"味外之旨"(《与李生论诗书》)。苏轼继承并发挥司空图推崇自然平淡风格的理论,同样是要倡导诗、书、画艺术创作都应有"得之于象外"(《王维吴道子画》)、"萧散简远,妙在笔画之外"和"其美常在咸酸之外"的深远意境。这就把对诗、书、画创作艺术规律的探讨推进了一步。苏轼论作家和作品风格的关系,他关于作家"天资所短,终莫能脱""人才各有分限"的见解,便受到了刘勰在《文心雕龙·程器篇》中所说的"人禀五材,修短殊用,自非上哲,难于求备"的观点影响。他对于作家后天的学习实践的重视,以及关于风格多样化统一、绚烂之极至于平淡等见解,也都继承并发挥刘勰《文心雕龙》的《体性篇》《定势篇》和《隐秀篇》的有关论点。这里还应指出，陆机《文赋》中说："体有万殊，物无一量，纷纭挥霍，形难为状。辞程才以效伎，意司契而为匠，在有无而黾俛，当浅深而不让。虽离方而遁员，期穷形而尽相。"指出文学创作呈现出纷纭复杂的情状和风格，是由于作品所反映的客观事物和作者主观因素的影响所致。苏轼从"随物赋形"和"天资长短"两个方面论述作品呈现不同风格的原因，也很可能受到《文赋》的启发。

苏轼的风格论不同于前人风格论的鲜明特色在于：第一，从曹丕、陆机、刘勰到司空图，对于诗文的体裁和风格作了愈来愈细致的分类研究。这种分类研究，可以帮助人们认识各种文体的创作规律和它所要求的风格特色，在理论上有一定价值；但是，他们把无限丰富多样的艺术风格概括为一定数量的类型，又认定某种诗文体裁只能有一种固定不变的标准风格，这却是机械的、形而上学的。苏轼的风格论，不再作这种形而上学的分类研究；而是着重探讨作品的题材和主题的不同对风格的影响。他在论述作家的创作个性对形成独特风格的决定作用时，特别强调作家的创作个性必须适应所要描写的客观事物的发展变化，从而阐明了不同作家在采用同一体裁写作时会显示出不同风格的原因。他总结的创造成熟风格的"三先三后"，指出了作家作品的风格并不是一成不变的，而是随着作家的思想感情、生活经历、艺术修养的变化而变化的。这就比前人的论述更为通达辩证，也更符合创作实际。刘勰关于作家后天学习问题的论述，仍然局限于在书本中和创作过程中学习。而苏轼却突破了这一点，他更重视认识和研究客观事物的现象和本质，增加生活阅历和积累生活素材等，这就比刘勰高明。第二，刘勰的风格论已注意到风格的多样性和统一性。苏轼在这方面作了较多的创造性发挥，对于不同风格的对立统一、相互补益和转化等问题，提出了许多精辟的见解，闪耀着艺术辩证法的思想光辉。第三，苏轼的风格论，固然比较零碎、分散，远不如刘勰和司空图的风格论那么完整、系统和严密；对于风骨和风格、时代和风格的关系等重要问题，没有或很少涉及。但是，由于苏轼具有丰富的、多方面的艺术创作经验，深知创作的甘苦，所以他的风格论更紧密地联系着创作实践，往往针对具体创作问题而发，以生动活泼的语言，阐发出艺术创作的普遍规律。特别是他关于指导青年作家如何创造独特的、成熟的风格的经验之谈，言简意赅，富有创见，在历史上产生了重大的影响。今天，对于我们创造风格和研究风格理论问题，仍有重要的启示意义。

---

① 《马克思恩格斯全集》卷三十三，人民出版社1973年版，第102页。

第四讲

谈苏轼的题画诗

  中国传统美学，很强调诗歌和绘画的亲密关系。题画诗就是古代诗人们试图将诗与画结合起来的一种文学形式。这一文学形式有着悠久的历史。战国时代伟大的爱国诗人屈原的瑰奇诗篇《天问》，据说就是诗人因观看楚先王庙的壁画激发灵感而写成的。东晋杰出诗人陶渊明的组诗《读山海经》，由于诗人所读的《山海经》包括图画，所以这组诗也可以看作是题画诗。到了唐代，随着诗歌与绘画艺术的高度发展，以及诗画在创作上的相互吸收与渗透，题画诗这一诗体就诞生了。李白、白居易、元稹等诗人，都写了一些题画诗。而杜甫则是唐代诗坛上最长于以诗写画的大家。宋代题画诗创作更加兴盛。卓越的作家苏轼集诗人、散文家、画家、书法家于一身。他深刻地理解和纯熟地把握诗与画的共同艺术要求和各自的艺术表现手段，一再主张诗与画紧密结合。因此，他写了大量的题画诗。他的题画诗内容丰富，取材广泛，遍及人物、山水、鸟兽、花卉、木石及宗教故事等众多方面。这些作品也鲜明地体现了苏诗雄健豪放、清新明快的艺术风格，显示了苏轼灵活自如地驾驭诗画艺术规律的高超才能。数百年来，苏轼的题画诗一直受到广大读者的喜爱。

所谓题画诗，自然是以绘画作品为具体描写题材，而有别于直接以社会现实生活为题材的诗歌作品。但苏轼极其重视诗歌的社会作用，提出"诗须要有为而作"（《题柳子厚诗》），要揭露现实弊病，起到"疗饥""伐病"（《凫绎先生文集叙》）的社会效果。他写题画诗，绝非为题画而题画，而总是借题画抒情言志，力求表达出自己对于政治和社会重大问题的态度和观点。在题画中有所寄托，融入富于社会意义的思想内容，正是苏轼题画诗的一个突出特点。例如，诗人因"乌台诗案"被贬黄州途中，写了《陈季常所蓄朱陈村嫁娶图》二首题画诗。第一首："何年顾陆丹青手，画作朱陈嫁娶图。闻道一村惟两姓，不将门户买崔卢。"点明了题意，对朱陈村二姓世代通婚、不愿攀附名门望族的纯朴习俗作了热烈的赞美，表现了诗人蔑视权贵的精神。第二首："我是朱陈旧使君，劝农曾入杏花村。而今风物那堪画，县吏催钱夜打门。"以画上的景象对比现实，反映农村在官府的横征暴敛下的惨况。诗人从一幅乡村风俗画开拓出忧国忧民的重大主题。苏轼刚以文字罹祸，仍敢于直斥时弊，这种同情人民苦难的感情，尤为难能可贵。又如《续丽人行》和《虢国夫人夜游图》，都是题咏唐代著名画家周昉的仕女画的。诗人有意同杜甫的著名诗篇《丽人行》联系起来，使这两首题画诗的思想内容同杜诗一脉相承，包含着讽谕世事时政的意义。《续丽人行》生动地描绘了画中背面欠伸的宫女的娇美情态，却在结尾以古代民间贤德妇女孟光同丈夫梁鸿互敬互爱的故事，对照宫女与世隔绝造成精神的空虚和苦闷，揭示出封建时代妇女渴望自由的主题。《虢国夫人夜游图》活现出杨贵妃姐妹的显赫权势。诗尾议论说："人间俯仰成今古，吴公台下雷塘路。当时亦笑张丽华，不知门外韩擒虎。"运用隋炀帝步陈后主后尘招致亡国的历史事实，讽刺统治者穷奢极欲，到头来总是重蹈覆辙，自取灭亡。由于苏轼关怀国事，正视现实，借题画寄寓讽刺、针砭现实之意，这两首题画诗都能在杜甫《丽人行》之后，开拓出新的意境。

  苏轼是一个性格刚烈、真情袒露的诗人。他的诗大多发自激情，自然地从肺腑中流出，因而富于鲜明的艺术个性。其题画诗也是如此。如《书韩幹牧马图》诗，以"平沙细草荒芊绵，惊鸿脱兔争后先"等诗句，写出唐代画家韩幹笔下的骏马在原野上轻逸快捷地驰骋的形象。诗人又插入"王良挟策飞上天，何必俯首服短辕"两句，自比骐骥，指斥当时的执政大臣：你们既然不能像春秋时代善于驭马的王良那样，使我得以施展才华抱负，那我何必向你们俯首屈膝呢！这首诗既抒发怀才不遇的牢骚不满，又显示出诗人刚直不阿的品格。又如《自题金山画像》："心似已灰之木，身如不系之舟。问汝平生功业，黄州惠州儋州。"这是诗人晚年遇赦北归路经金山寺所作。面对着友人画家李龙眠为他绘制的写真画像，诗人回顾自己坎坷不平的生命旅途，百感交集，感慨无穷。寥寥二十四字，诗人的一生经历和思想性格跃然纸上。我们在诗里感受到诗人在饱经政治磨难之后，仍然襟怀坦荡、傲视忧患，感受到他那豪爽超旷、幽默风趣的性格。

清代诗歌评论家沈德潜在论杜甫的题画诗时说："其法全不在粘画上发议论，如题画马、画鹰，必说到真马、真鹰，复从真马、真鹰开出议论，后人可以为式。"（《说诗晬语》卷下）苏轼大大发扬了杜甫题画诗借题发挥、开出议论的手法。为了在题画诗中更鲜明、更直接地抒情言志，苏轼甚至不着意再现画中的景色、形象，而仅借画题发慨。作于元祐二三年间的《戏书李伯时画御马好头赤》即是一例。诗一开篇便如奇峰突起："山西战马饥无肉，夜嚼长秸如嚼竹。蹄间三丈是徐行，不信天山有坑谷。"诗人撇开画中御马，却写战马的雄健气势。接着，才把御马作为对照："岂如厩马好头赤，立仗归来卧斜日。"饥瘦不堪的战马能爬山越岭，驰骋疆场，而饱食终日的御马却只偶尔用来摆摆皇家的仪仗。显然，诗人是以马的遭遇喻人，并以二马自喻，含蓄地抒写他在外任各地州官时虽辛苦奔波却能为国为民建功立业；如今虽为京官，身居高位，却无所作为。此诗也隐隐流露出他对当时执政的司马光等守旧派的不满。

苏轼的题画诗的确表现了许多富有社会意义的思想感情。但是，在内容上更突出、更有价值的，是那些表露诗人对文艺问题的真知灼见之作。用题画诗来发表对于艺术创作的美学见解和经验之谈，这是杜甫的首创。杜甫在《丹青引赠曹将军霸》《戏题王宰山水图歌》等题画诗中，发表了"弟子韩幹早入室，亦能画马穷殊相。幹惟画肉不画骨，忍使骅骝气凋丧""诏谓将军拂绢素，意匠惨淡经营中""将军画善盖有神，必逢佳士亦写真""尤工远势古莫比，咫尺应须论万里"等关于诗画创作的精深见解。苏轼更有意地把题画诗当作记述、宣讲艺术见解和创作心得的文学园地。我们读他的题画诗，有如阅读一篇篇形象化的诗论、画论、美学理论。这里有关于诗歌与绘画、形似和神似关系的观点："论画以形似，见与儿童邻；赋诗必此诗，定非知诗人。诗画本一律，天工与清新。边鸾雀写生，赵昌花传神。何如此两幅，疏淡含精匀。谁言一点红，解寄无边春。"（《书鄢陵王主簿所画折枝》）"少陵翰墨无形画，韩幹丹青不语诗。"（《韩幹马》）"古来画师非俗士，妙想实与诗同出。"（《次韵吴传正枯木歌》）这里有主张艺术创作要自然天成的见解："先生曹霸弟子韩，厩马多肉尻䏶圆。肉中画骨夸尤难，金羁玉勒绣罗鞍。鞭棰刻烙伤天全，不如此图近自然。"（《书韩幹牧马图》）"野雁见人时，未起意先改。君从何处看，得此无人态。无乃槁木形，人禽两自在。"（《高邮陈直躬处士画雁》）"古来写生人，妙绝谁似昌。晨妆与午醉，真态含阴阳。君看此花枝，中有风露香。"（《王伯敭所藏赵昌花四首》）"含风偃蹇得真态，刻画始信天有工。"（《欧阳少师令赋所蓄石屏》）这里有关于艺术构思中作家的精神状态的揭示："与可画竹时，见竹不见人。岂独不见人，嗒然遗其身。其身与竹化，无穷出清新。庄周世无有，谁知此疑神。"（《书晁补之所藏与可画竹》）这里有关于诗人和画家应"师造化""师自然"的主张："君不见韩生自言无所学，厩马万匹皆吾师。"（《次韵子由书李伯时所藏韩幹马》）"人间斤斧日创夷，谁见龙蛇百尺姿！不是溪山成独往，何人解作挂猿枝。"（《书李世南所画秋景》）这里还有对于诗人和画家艺术风格的品评："道子实雄放，浩如海波翻。当其下手风雨快，笔所未到气已吞""摩诘本诗老，佩芷袭芳荪。今观此壁画，亦若其诗清且敦""吴生虽妙绝，犹以画工论。摩诘得之于象外，有如仙翮谢笼樊"（《王维吴道子画》）。苏轼在题画诗中以简洁、生动的语言，高度概括而又深入浅出地表述自己对于艺术创作的深刻体会和精辟见解，真是沁人心脾，益人神智，很值得我们深入思考和研究。如果我们要了解苏轼的美学思想和关于艺术创作的经验之谈，除了阅读苏轼谈艺的专文以及题记序跋之外，他的这些题画诗也是不可不读的。

苏轼的题画诗在艺术表现上，也有很多可供我们欣赏和借鉴之处。

以诗写画，把画境转化为诗境，并非易事。北宋诗人晁补之说："诗传画外意，贵有画中态。"(《和苏翰林题李甲画雁》)苏轼的题画诗妙在既能写出"画中态"，又能传出"画外意"。他的主要表现方法是：力求突破绘画艺术的局限性，充分发挥诗歌便于驰骋想象的优势，表达丰富多样的感觉印象，表现持续进行的动作，以及描状各种复杂微妙的情调氛围等艺术特长，使诗中有画，画中有诗，诗情画意，跃然纸上。

有时，苏轼把画境和真境结合起来，造成真假莫辨的感觉，使人恍若身临其境，全身心浸淫其中。例如《书王定国所藏烟江叠嶂图》，诗的前十二句直写画中山水的奇姿美景。但见层峦叠嶂，积翠浮空；飞泉赴谷，渔舟飘江；小桥野店，依倚山前。诗人笔力高迈，气势遒劲，写得烟云卷舒，色彩斑斓，波澜起伏。然后才点出这是画中风景。中间四句，道出归隐本意。末十二句，再写黄州四时之真景，有如人世桃源。由于诗人把画中景物和画外真境沟通起来，融入归隐情思，使二者水乳交融，浑然莫辨，这就创造出一个妙胜画境的崭新艺术境界。有时，诗人干脆把画境写成真境。如《书李世南所画秋景》："野水参差落涨痕，疏林欹倒出霜根。扁舟一棹归何处？家在江南黄叶村。"看，画家笔下的画境化作了真境。诗人仅用野水退、涨痕落、霜根露、黄叶飘几个细节，便抓住了秋天景物的特征；后半幅妙用一问一答，写出水乡人民悠然自得的生活情趣，又造成平远开阔的境界，把一种弥漫于寒林黄叶的秋景上的氛围情思传达出来，使人回味无穷。

在一些题画诗中，苏轼突破绘画只能表现视觉印象的局限，把他从画面上得来的视觉印象暗转为听觉、嗅觉、触觉等多种感觉印象。请看脍炙人口的《惠崇春江晓景》："竹外桃花三两枝，春江水暖鸭先知。蒌蒿满地芦芽短，正是河豚欲上时。"诗人不仅生动、精练地画出图画中的竹林、桃花、春江、鸭群、蒌蒿、芦芽，而且又能"无中生有"，由芦芽联想到河豚，从而画出河豚在春江水发时沿江上行的形象，用想象得之的虚境补充了实境。更妙的是，诗人缘情体物又移情于物，写出在江中自由嬉戏的鸭子最先感受到春水温度的回升，用触觉印象"暖"补充画中春水激艳的视觉印象。诗人以其细致、敏锐的感受，捕捉住季节转换时的景物特征，抒发对早春的喜悦和礼赞之情。全诗春意浓郁，生机蓬勃，

第四讲　谈苏轼的题画诗 | 103

给人以清新、舒畅之感。

绘画作为空间艺术，它的颜色和线条能够描绘出一片景象在空间里的铺展；它也能描绘景物的运动，但一幅画却只能画出运动中最耐寻味和想象的片刻情景。而诗歌的语言文字，却能描叙出一串活动在时间里的景象。题画诗如果用文字去一一罗列画中景物，就不免刻板、呆滞。苏轼很懂得这一点。他注意发挥诗歌描写动态的特长，把在同一空间中并列的相对静止的景物形象，转换成在时间上持续运动的形象。例如《李思训画长江绝岛图》，诗的前几句描写画中长江上大小孤山的景色。而"客舟何处来？棹歌中流声抑扬。沙平风软望不到，孤山久与船低昂"几句，不仅给画面添加了棹歌在中流时抑时扬之声，而且写出船在江上持续行进的动态。江涛起伏，客舟颠簸不止，恍若与孤山一道长久地一低一昂。这是多么生动的景象呵！末尾，以发髻比喻大小孤山的峰峦，以晓镜比喻江面和湖面，又用民间神话传说故事、谐声双关手法作引申，使诗篇染上一层浪漫色彩，意境奇丽，情趣横溢。

苏轼的题画诗还有一个特色。诗人善于根据所题咏的绘画的不同品种和风格，使用不同的笔墨。例如，《郭熙画秋山平远》《书王定国所藏烟江叠嶂图》《书王定国所藏王晋卿画着色山》等诗，由于所题咏的是巨幅或长卷的金碧山水，诗人便往往用色彩鲜丽的文字，七古歌行的形式，写得笔墨纵横，苍苍莽莽，淋漓酣畅，显出俊逸豪丽的风格。而他题咏惠崇、李世南等画家的水墨小景时，却多用小诗体裁，笔致清新、轻灵，写得淡雅高绝。

总之，苏轼的题画诗表现了苏轼关怀国事、同情人民的思想感情，表现了他高超的诗画艺术功力和精辟的美学见解，是诗歌史上的一笔宝贵财富。

第五讲

论苏轼诗中的自然山水动态美

中唐诗论家皎然在探讨诗歌如何表现自然美时，提出了"状飞动之趣，写冥奥之思"（《诗议》），捕捉山水风云"萦回""盘礴""舒卷"的"千变万态"，使山水诗中的景物形象呈现出"气腾势飞"（《诗式》）的美。这是对古典山水诗丰富艺术经验的精辟总结。北宋大诗人苏轼的山水诗，就是以富于"气腾势飞"之趣为其突出的美学特征的。

在苏轼的山水诗中，有《残腊独出二首》（其二）"江边有微行，诘曲背城市。平湖春草合，步到栖禅寺。堂空不见人，老稚掩关睡。……客来岂无得？施子静扫地。风松独不静，送我作鼓吹"这类"通首酷写静境"（《唐宋诗醇》卷四十一）的篇章，也有《新城陈氏园次晁补之韵》"荒凉废圃秋，寂历幽花晚。山城已穷僻，况与城相远。我来亦何事，徙倚望云巘。不见苦吟人，清樽为谁满"那样"淡而能腴"（同前，卷三十四）的作品，还有"宛似柳州小记"（同前，卷三十二）的《李氏园》，"绰有陶、韦之意，而不袭其貌"

(纪昀评点本《苏文忠公诗集》卷十八)的《游桓山,会者十人……》等。但这些同属意境幽静清淡之作,毕竟为数极少。纪昀在评《新城陈氏园》时即指出:苏轼"忽作王、孟清音",仅是"偶一为之"(同前,卷十二)。的确,这位非常强调从把握自然物"无常形"的变动状态中揭示其"常理"(《净因院画记》)的诗人,很少冷静、舒缓地描绘幽寂的自然景物,而是经常以热烈的激情,迅速地捕捉住景物在运动变化中的形象特征,以动态传景物之"神"。

  苏轼主张,画水要画出"活水"并"尽水之变",反对静止地刻画"死水"(《画水记》)。在他的笔下,涌现出许多富于动态、音响和情趣的活水。请看:"扁舟转山曲,未至已先惊。白浪横江起,槎牙似雪城。番番从高来,一一投涧坑。"(《新滩》)这是乱石嵯峨的新滩水。白浪高耸如雪城,其湍急陡落之势,真是惊心动魄。而"晃荡天宇高,奔腾江水沸"(《巫峡》)却是千丈绝壁下的巫峡水。盘涡如雷似沸,又晃荡天宇,使人目眩胆裂。《游金山寺》诗中"微风万顷靴纹细,断霞半空鱼尾赤",以奇巧新颖的形象比喻,活画出微风中大江鳞鳞泛动的细浪,以及缤纷舒卷的江天晚霞。"春来幽谷水潺潺"(《梅花二首》其一)和"稍闻决决流冰谷"(《正月二十日往歧亭郡人潘古郭三人送余于女王城东禅院》)敏锐地捕捉住早春山溪动人的音响。"白沙翠竹石底江,篙声荦确相春撞"(《江西一首》)和"山为翠浪涌,水作玉虹流"(《郁孤台》),把奔流在南国青山翠竹间的缥碧透明江水,描状得绘声绘色,宛然在目。《庐山二胜》对水的描绘尤为绝妙:

> 高岩下赤日,深谷来悲风,擘开青玉峡,飞出两白龙。乱沫散霜雪,古潭摇清空,余流滑无声,快泻双石䃳。我来不忍去,月出飞桥东,荡荡白银阙,沉沉水精宫。愿随琴高生,脚踏赤鲩公,手持白芙蕖,跳下清泠中。(《开先漱玉亭》)

> 吾闻太山石,积日穿线溜。况此百雷霆,万世与石斗。深行九地底,险出三峡右,长输不尽溪,欲满无底窦。跳波翻潜鱼,震响落飞狖。清寒入山骨,草木尽坚瘦,空濛烟霭间,顽洞金石奏。弯弯飞桥出,潋潋半月彀。玉渊神龙近,雨雹乱晴昼。垂瓶得清甘,可咽不可漱。(《栖贤三峡桥》)

这两首诗描绘恍如神仙境界的庐山奇胜,都以水为形象的主体。前首写开先漱玉亭下的飞瀑和古潭,极富动态。"乱沫"和"古潭"二句,画出瀑布如霜雪飞溅,古潭波荡摇空,确实生动传神。《唐宋诗醇》卷三十七评此诗"写瀑布奇势迭出,曲尽其妙"。后首以"潜鱼""飞狖""草木""烟霭""雨雹"等景物作衬托,极力渲染栖贤谷水势的汹涌险恶。"清寒""草木"一句,把谷水的清冽、幽冷形容妙绝,令人感到凄神寒骨。胡仔评此诗:"精妍绝韵,真他人道不到也。"(《苕溪渔隐丛话》后集卷二十九)纪昀更赞叹:"十字绝唱"(评点本《苏文忠公诗集》卷二十三)!

苏轼不仅能画出流动活泼、奇势迭出的水,而且还能画出饶有情味、充满奇趣的水。试看《泛颍》:

> 我性喜临水,得颍意甚奇。到官十日来,九日河之湄。吏民笑相语,使君老而痴。使君实不痴,流水有令姿。绕郡十余里,不驶亦不迟。上流直而清,下流曲而漪。画船俯明镜,笑问汝为谁?忽然生鳞甲,乱我须与眉。散为百东坡,顷刻复在兹。此岂水薄相,与我相娱嬉。……

在诗人清新明快的笔下,这条颍水忽而笔直,忽而曲折;船停时水如明镜,船动时浪似锦纹,是那么变化多姿。更妙的是,当它看到船上的东坡向水中的东坡致问时,它也与东坡娱嬉,有意生出鳞甲,扰乱水中东坡的须眉,散为上百个东坡,顷刻又还原为一。这真是具有性灵、天真烂漫的水呵!

苍莽的山，千秋屹立，岿然不动。但在苏轼的笔下，它们同样是生气蓬勃富有灵性的。试看下面诗句：

偶寻流水上崔嵬，五老苍颜一笑开。(《书李公择白石山房》)

青山有似少年子，一夕变尽沧浪髭。(《江上值雪，效欧阳体……》)

青山偃蹇如高人，常时不肯入官府。高人自与山有素，不待招邀满庭户。(《越州张中舍寿乐堂》)

这是诗人运用"拟人化"手法描写的山，它们同人一样有感情，能行动。或与高人为友，欣然赴约；或如慈祥老者，笑逐颜开；或似翩翩年少，一夕间顿生白髭。它们都那么神态活现，栩栩如生。再看以下诗句：

入峡初无路，连山忽似龛。萦纡收浩渺，蹙缩作渊潭。风过如呼吸，云生似吐含。坠崖鸣窣窣，垂蔓绿毵毵。……飞泉飘乱雪，怪石走惊骖。(《入峡》)

千山动鳞甲，万谷酬笙钟。(《行琼儋间，肩舆坐睡，梦中得句……》)

逐客何人著眼看，太行千里送征鞍。(《临城道中作》)

朝见吴山横，暮见吴山纵。吴山故多态，转折为君容。(《法惠寺横翠阁》)

这是诗人以"物色带情"的写实或虚拟手法描写的山。它们或萦纡蹙缩，呼吸吐含；或坠崖鸣响，怪石奔走；或翻动鳞甲，酬奏笙钟；或悲送逐客，不辞千里；或转折改容，惹人观赏。它们虽大体保持着本来形态，却同样饱含情意，生动多姿。

毋庸讳言，在苏轼的前辈和同时代诗人们不计其数的山水吟唱中，恐怕很难找到一首通篇死寂、绝对静穆的诗。德国文论家莱辛（1729—1781）在论述诗歌和绘画的界限时指出，"画所处理的是物体（在空间中的）并列（静态）"，而诗人"所描绘的是持续的动作，他只用暗示的方式去描绘物体"。因此，诗的"理想美所要求的不是静穆而是静穆的反面""把绘画的理想移植到诗里是错误的"（《拉奥孔》）。中国古代诗人在创作中似乎都懂得诗歌长于描叙动作过程而拙于刻画静态景物,所以他们笔下的自然景物形象大都有动态和生气。不仅如此,古代诗人和诗论家还深知事物"静"与"动"相反相成的辩证关系。例如,与苏轼同时代的诗人王安石,就曾经指出:"前辈诗'风定花犹落',静中见动意;'鸟鸣山更幽',动中见静意。"(惠洪《冷斋夜话》引)清人吴雷发也说过:"动中有静,寂处有音。"(《说诗菅蒯》)可见,在古代诗歌史上,懂得写并善于写动态的,非止苏轼,而是大有人在。

但必须指出:在为什么写和如何写动态的问题上,古代诗人的美学观点和艺术表现方法并不一致。王维、韦应物这一派诗人,他们在日常生活中往往以闲适、恬静的心情感受大自然的空旷、幽寂,以图求得一种清心寡欲、超脱尘俗的精神愉悦或"禅趣"。因此,他们写动态多是把它作为反衬静态的手段,所谓"置静意于喧动中"(《冷斋夜话》)。他们笔下的"动",也不过是寂处之音,静中之动,多是不易察觉、轻微细小的动态和声息。尽管诗中有动感,全诗意境仍然是静穆的。事实上,在他们的心目中,静美才是美的最高境界。而另一些诗人,如李白、岑参、韩愈、杜牧、苏舜钦等,他们固然也有"以动显静"的诗,但更多作品,明显地是从着意表现大自然蓬勃旺盛的生机和奔腾磅礴的气势出发,去描写动态的。这样的动态就绝非轻微细小的动,而是强烈鲜明、持续不止、气腾势飞的动。他们认为动态比静态更美。从上举作品中不难看出,苏轼是属于后一类诗人。

那么,苏轼为什么喜爱观察、感受和表现自然景物的动态呢?这同他的哲学观和美学思想是紧密联系的。苏轼坚持运动的自然观。他认为宇宙万物的生命就在于运动。他在《策略》(一)中说:"天之所以刚健而不屈者,以其动而不息也。惟其动而不息,是以万物杂然各得其职而不乱,……使天而不知动,则其块然者将腐坏而不能自持,况能以御万物哉!"(《经进东坡文集事略》卷十五)在《御试制科策》中又说:"夫天以日运故健,日月以日行故明,水以日流故不竭,人之四肢以日动故无疾,器以日用故不弊。天下者大器也,久置而不用,则委靡废放,日趋于弊而已矣。"(同前,卷二〇)他还进一步指出:运动是绝对的,宇宙间无物不动,无时不动;而静止却是相对的。他晚年著《苏氏易传》,在解释艮卦时说:"艮,止也,止与静相近而不同。方其动而止之,则静之始也;方其静而止之,则动之先也。"把静止理解为物质运动的形式之一,表现出辩证地观察事物的卓识。苏轼也主张以老庄和佛家的"虚静说"观察事物,但他并非以静观静,而是要以静观动。他在《送参寥师》诗中写道:"欲令诗语妙,无厌空且静。静故了群动,空故纳万境。"在《朝辞赴定州状》中更明确地总结说:"处晦而观明,处静而观动,则万物之情毕陈于前。"

在这一运动的自然观的指导下，苏轼对自然美作了探索。他在《文与可飞白赞》中写道：

> 美哉多乎！其尽万物之态也！霏霏乎其若轻云之蔽月，翻翻乎其若长风之卷旆也，猗猗乎其若游丝之萦柳絮，袅袅乎其若流水之舞荇带也。

这里，苏轼借以形容飞白艺术美的自然物，无论是轻云蔽月、长风卷旆，还是游丝萦柳、流水舞荇，都处在自由自在、生气勃勃的运动状态中。他认为这些运动中的自然物能给人多姿的美感。苏轼在解释动与静的内涵时说："精出为动，神守为静，动静即精神也。"（《东坡文谈录》）既然静不过是动的不明显的形式，所以这句话实质上就是说：动即精神。中国古代许多文艺家都认为：不仅人有精神，山川草木、风云月露也都有精神。南宋邓椿在《画继》中说："盈天地之间者万物，悉皆含毫运思，曲尽其态，而所以能曲尽者，止一法耳。一者何也？曰：传神而已矣。世徒知人之有神，而不知景物之有神。"苏轼也是一位万物有神论者。他在《六一泉铭》中说："江山之胜……奇丽秀绝之气，常为能文者用。"（《经进东坡文集事略》卷六〇）在《〈江行唱和集叙》中说:"山川之有云雾,草木之有华实,充满勃郁而见于外。夫虽欲无有,其可得耶?"(同前,卷五六)在苏轼看来,自然美的本质就是自然物"充满勃郁而见于外"的精神和"奇丽秀绝之气"。而这种精神和气,只有在自然物的运动中才更多、更鲜明地表现出来。

在艺术形象创造的问题上,苏轼是反对拘泥形似,强调传神写意的。他在《书鄢陵王主簿所画折技二首》(其一)中写道:"论画以形似,见与儿童邻,作诗必此诗,定非知诗人。诗画本一律,天工与清新。边鸾雀写生,赵昌花传神。"他要求描绘人物和自然景物,应达到"十分形神"(《与何浩然书》)的艺术境地。那么,如何才能创造出"十分形神"、富于动的精神和生命活力的艺术形象呢?苏轼进一步具体提出了"随物赋形"和"尽物之变"说。

关于"随物赋形",他在《自评文》中说:"吾文如万斛泉源,不择地皆可出。在平地滔滔汩汩,虽一日千里无难。及其与山石曲折,随物赋形,而不可知也。所可知者,常行于所当行,常止于所不可不止。如是而已矣。"(《东坡题跋》卷一)关于"尽物之变",他在《虔州崇庆禅院新经藏记》中提出:作文、学书和习艺,都应"形容心术,酬酢万物之变"。在《画水记》中,又将二说并提,赞扬画家孙位画水能"与山石曲折,随物赋形,尽水之变"。而在《跋蒲传正

燕公山水》中,他揭示了山水画的艺术形象和意境创造的美学特征:

> 画以人物为神,花竹禽鱼为妙,宫室器用为巧,山水为胜。而山水以清雄奇富,变态无穷为难。(《东坡题跋》卷五)

这是论画。但苏轼既认为"诗画本一律",所以这段话也适用诗。他把"清雄奇富,变态无穷"视为山水诗画的最高美学境界,难度最大的艺术课题。他在山水诗创作中知难而进,按照"随物赋形""尽物之变"的表现原则和方法,紧紧抓住一个"变"字,变中赋形,变中传神,创造出许多"清雄奇富、变态无穷"的艺术形象和意境。试看《九日黄楼作》:

> ……黄楼新成壁未干,清河已落霜初杀。朝来白雾如细雨,南山不见千寻刹。楼前便作海茫茫,楼下空闻橹鸦轧。薄寒中人老可畏,热酒浇肠气先压。烟消日出见渔村,远水鳞鳞山鳖鳖……

此诗写徐州城四周的山水风光,却抓住瞬息万变的云雾来写。白雾初如细雨,后变为茫茫海洋,最后烟消日出。

在迷蒙雾气中,古刹、渔村、山水忽隐忽现;雾海掩没了渔舟,却传来桨橹鸦轧之声。变幻的云雾使诗中图画富于动感,也增添了一种神幻离奇、浩渺无际的美。查慎行称赞此诗:"阴阳晦明摄向毫端,作大开合。"(纪昀评点本《苏文忠公诗集》卷十七)纪昀也赞叹说:"笔笔作龙跳虎卧之势。"(同前)

苏轼有不少山水诗,就是从着意表现自然景物忽起忽灭、瞬息变幻这一独特角度,来进行艺术构思的。例如,他写西湖雨景:"黑云翻墨未遮山,白雨跳珠乱入船。卷地风来忽吹散,望湖楼下水连天。"(《六月二十七日望湖楼醉书五绝》其一)从乌云突起,写到暴雨骤至;忽又风过雨霁,初晴的湖上水天一色。他写钱塘江潮:"海上涛头一线来,楼前指顾雪成堆。从今潮上君须上,更看银山十二回。"(《望海楼晚景五绝》其一)海潮远远而来,先细如一线;指顾之间白浪滔天,如雪堆飞溅,银山怒耸。他写登州海市,开始是"岁寒水冷天地闭",却不料"重楼翠阜出霜晓";但幻境很快消失,大海上唯有"斜阳万里孤鸟没,但见碧海磨青铜"(《登州海市》)。这几首诗在艺术构思上,都是蓄意表现一个"变"字。写西湖阵雨,给人以清新秀丽美感的变;写钱塘江潮,给人以大气磅礴美感的变;写登州海市,则给人以神奇诡异美感的变。苏轼说过"求物之妙,如系风捕影"(《答谢民师书》),"作诗火急追亡逋,清景一失后难摹"(《腊日游孤山访惠勤惠思二僧》)。又说,画水要"奋袂如风,须臾而成"(《画水记》),画竹要"急起从之,振笔直遂,以追其所见,如兔起鹘落,少纵则逝矣"(《文与可画筼筜谷偃竹记》)。他确实是以一支如"兔起鹘落"的快笔,"系风捕影"般地捕捉住了自然景物的瞬息变幻,从而表现出大自然生命的律动。

在大自然中,山川景物的色彩流动和光的变幻,较之其形状的运动变化更难于把握。古典诗歌中,给景物"随类敷彩"的作品为数甚多,但大都是静态设色,很少有人细致微妙地描绘景物的色彩和光影的流动变幻。而苏轼却以其对动态的锐敏观察力,捕捉住闪烁不定的光、色,准确、逼真地表现出来。

例如:

> 江边日出红雾散,绮窗画阁青氤氲。(《犍为王氏书楼》)

> 江寒晴不知,远见山上日。朦胧含高峰,晃荡射峭壁。横云忽飘散,翠树纷历历。行人挹孤光,飞鸟投远碧。(《过宜宾见夷中乱山》)

决去湖波尚有情,却随初日动檐楹。(《溪光亭》)

起观万瓦郁参差,目乱千岩散红绿。(《二十七日自阳平至斜谷宿于南山中蟠龙寺》)

诗人写日光,忽然"朦胧含高峰",忽然"晃荡射峭壁";写山色,时而青岚氤氲,时而翠树历历;写溪光,竟伴随日光在亭的檐楹上晃动;写山中草木,因云雾聚散和风的起息而纷红骇绿,使人眼花缭乱。这几幅诗中图画,恰如法国印象派画家笔下那些专门点染大自然光色变幻的杰作。《红楼梦》的作者曹雪芹曾撰文论述绘画中光的表现。他指出"明暗成于光,彩色别于光",所以"敷彩之要,光居其首",而"日光辉映……金碧之中,黄绿青紫闪耀变化,信难状写"。这就要求执笔写生者"善观察于微末""窥自然之奥秘",传写出光和色彩的"神妙"。①从上引数例看,苏轼对于大自然的光色确实观察细致,他把"信难状写"的光色流动变幻表现得多么神妙!

苏轼在《虔州八境图》诗的引文中指出:自然美变幻无穷。即使是同一处山水,"接于吾目而感于吾心者,有不可胜数者矣"。其原因,既在于大自然本身的春夏、秋冬、"寒暑、朝夕、雨旸、晦明之异",也在于"观之者异",亦即观赏山水的人"坐作、行立、喜怒、哀乐之变"。因此，他在山水诗中，非常注意同时表现客观外景和主观情绪的变化，使二者互相映衬。如《浴日亭》：

剑气峥嵘夜插天，瑞光明灭到黄湾。坐看旸谷浮金晕，遥想钱塘涌雪山。已觉沧凉苏病骨，更烦沉瀣洗衰颜。忽惊鸟动行人起，飞上千峰紫翠间。

这首诗写夜半海上日出奇景。日出之前，直插夜空的峥嵘剑气，忽明忽灭的瑞光，使诗人惊奇；旸谷中浮动的神秘金晕，更使诗人遥想起犹如雪山怒涌的钱塘潮。这时，天地无比寂静，云海苍茫，夜气清凉，诗人的身心俱化于这瑰奇的境界里。忽然，鸟动行人起，把诗人惊醒了。但见一轮红日，正飞跃上千峰紫翠之间。诗人把景色的变幻和自己心情的变化交融起来描写，"景生情，情生景"，情景波动变幻的节拍非常和谐一致，这就给人以身临其境之感。正因为苏轼总是注意从不同的角度，写出对于自然景物不同的印象、感情和感受，所以他的山水诗的形象和意境丰富多彩，千变万化。即使写的是同一处山水景物，也绝少雷同重复。

事物的运动和变化，如果动作激烈，速度极快，其腾挪起伏的空间幅度很大，就给人以"飞动"之感。苏轼很喜欢表现气腾势飞的自然景物,这就形成了他的山水诗的另一个突出的美学特征——富于飞动之趣。《百步洪》诗对激流的描写即是明显一例:

> 长洪斗落生跳波,轻舟南下如投梭。水师绝叫凫雁起,乱石一线争磋磨。有如兔走鹰隼落,骏马下注千丈坡。断弦离柱箭脱手,飞电过隙珠翻荷。四山眩转风掠耳,但见流沫生千涡……

长洪斗落,跳波飞溅,舟如投梭,水师绝叫,凫雁惊起。诗人用这一连串飞动的意象,把洪水汹涌奔腾的动态渲染得夺人心魄!但他仍意犹未足,又连珠炮似的,以兔走鹰落、骏马下坡、断弦离柱、锐箭脱手、电光飞掣、露珠翻荷等七个形象比喻,把百步洪一泻千里的飞动气势形容得淋漓尽致!

  在中国古代的诗人中,除了李白,恐怕没有人比苏轼更热衷于表现富于飞动之趣的自然景物了。在他的笔下,我们看到滩险浪高的三峡、洪波喷涌的黄河、惊天动地的钱塘潮,还有急风骤雨、迅雷疾电、悬泉飞瀑……这些奇幻飞动的景物,要求诗人以强烈的感情、飞腾的想象、浓重的色彩和奔放的笔触去描绘。例如,苏轼一次次地描绘钱塘江潮,他驰骋想象,笔飞墨舞,极力展现海潮的磅礴声势:"江神河伯两醯鸡,海若东来气吐霓。安得夫差水犀手,三千强弩射潮低。"(《八月十五日看潮五绝》其五)"八月十五潮,壮观天下无。鲲鹏水击三千里,组练长驱十万夫。红旗青盖互明灭,黑沙白浪相吞屠……"(《催试官考较戏作》)显然,钱塘江潮这一大自然奇观,最适合抒写诗人开阔奔放的情怀,也最有利于他创造富于飞动之趣的艺术意境。

更令人惊叹的是:即使是描写相对静止的或缓慢移动的自然景物,苏轼也能够借助于大胆惊人的想象,以飞动的事物去描状、衬托不动或缓动的事物,仍然创造出气腾势飞的景物形象。例如,在一般人看来,日月的运行,是冉冉升起,缓缓下落的。苏轼却能别出心裁,妙笔生花,把日出和月出描绘得势如涛崩丸跳:

天门山上宾出日,万里洪波半天赤。归来平地看跳丸,一点黄金铸秋橘。……(《送杨杰》)

明月未出群山高,瑞光万丈生白毫。一杯未尽银阙涌,乱云脱坏如崩涛。谁为天公洗眸子?应费银河千斛水。……(《中秋见月和子由》)

在苏轼的笔下,就连凝重、沉稳、静穆的山,也被他写得极富于飞动感。请看《江上看山》：

> 船上看山如走马，倏忽过去数百群：前山槎牙忽变态，后岭杂沓如惊奔。仰看微径斜缭绕，上有行人高缥缈。舟中举手欲与言，孤帆南去如飞鸟。

诗人站在顺流而下的船上看山，因景物的相对运动，原本就在逶迤起伏之势中寓有流动感的江岸群山，就更迅疾运动起来。诗人紧紧抓住这一动态感觉，把山峰写成体貌各异、挤拥杂沓的马群，它们在惊奔，在腾跃！而南去的孤帆，也如同鸟儿疾飞。诗句如行云流水，一气直下。诗人被祖国壮丽河山所激起的惊奇、赞叹、欢快心情，也就借助这些飞动的形象而跃然纸上！

因为要表现出飞动之趣，苏轼写山很喜欢用奔马来形容。《雪浪石》一诗，破空而来便是"太行西来万马屯，势与岱岳争雄尊"。再看《游径山》：

> 众峰来自天目山，势如骏马奔平川。中途勒破千里足，金鞭玉镫相回旋。……

径山是天目山的支脉，诗人便想象它是从天目山上飞驰而下的一匹骏马。它在奔向平原的中途突然勒住四蹄，仍回旋不已。这样，径山的形象先给人以飞动之感，陡然静止，静后又继续运动不息。

由于苏轼用奔马写山，形神飞动，富于独创，以致后代诗人竞相仿效。例如，南宋最杰出的爱国词人辛弃疾，他的"青山欲共高人语，连翩万马来无数"，以及"叠岭西驰，万马回旋，众山欲东"，显然是点化了苏轼的诗句。

刘熙载在《艺概·赋概》中曾指出：诗人描写景物，有"按实肖象"和"凭虚构象"二种不同的表现方法。他认为后者比前者难度较大。"按实肖象"是一种写实的表现方法，也即苏轼所说的"随物赋形"。但从上引《送杨杰》《中秋见月和子由》《江上看山》《游径山》数例看，当苏轼面对着相对静止的自然景物对象，感到用"随物赋形""按实肖象"的方法已不足以创造出气势飞动的艺术形象并表现自己汹涌澎湃的激情时，他就更多地采用"凭虚构象"的表现方法。这样，他成功地创造出飞动的景物形象，多数是虚拟的而非写实的，带有瑰奇的浪漫主义色彩。在《白水山佛迹岩》一诗中，诗人把罗浮二山写成海上蓬莱失落的一部分，又像蹲伏的大鹏忽然展开垂天翅膀。诗中还描写了峰峦开阖，千古花雨飘洒，溪水奔雷溅雪，回风飞雹如强弩掠过，潜伏潭洞的饥蛟吞食了渴虎。又如《行琼儋间，肩舆坐睡梦中得句》中，诗人不仅描写了"千山动鳞甲,万谷酣笙钟",而且还描写云和闪电在对诗人欢笑,群龙催促诗人作诗,神仙举行宴会盛赞诗人新作,等等。这些山水景物形象是虚拟的,既绚烂神奇,又变幻飞动。可以说,苏轼山水诗带有浓郁的浪漫主义色彩,在相当多的情形下,是诗人为了突出表现大自然的动态美而凭虚构象的结果。

为了成功地创造出飞动的艺术形象,苏轼十分注意动词的运用。他常常在诗中以一连串动词,把他在浮想联翩中跃现出的动态意象前后串联起来,造成一种意象迅速转换,动态连续不止的强烈艺术效果。如《有美堂暴雨》:

> 游人脚底一声雷,满座顽云拨不开。天外黑风吹海立,浙东飞雨过江来。十分潋滟金樽凸,千杖敲铿羯鼓催。唤起谪仙泉洒面,倒倾鲛室泻琼瑰。

诗人连续运用"拨""开""吹""立""过""来""凸""敲铿""催""唤起""洒""倒倾""泻"等十多个动词,把"顽云""阔海""黑风""大江""金樽""羯鼓""谪仙""清泉""鲛室""琼瑰"这些意象串联一气,层层推进地描状江海汇合处的一场急风骤雨,使诗如层峰起伏,波翻浪涌,景象愈出愈奇,气势飞腾不止。

日本人遍照金刚曾指出诗文作品的飞动美。他说："飞动体者，谓词若飞腾而动是也。诗曰：'流波将月去，湖（潮）水带星来。'又云：'月光随浪动，山影逐波流。'此即飞动之体。"（《文镜秘府论》地卷）刘熙载也说："庄子之言鹏曰：'怒而飞。'今观其文，无端而来，无端而去，殆得'飞'之机者。"（《艺概·文概》）苏轼的山水诗充满了瞬息万变、飞腾而动的自然景物形象，可以说是最典型的"飞动体"。

关于苏轼的山水诗清雄奇富、变幻飞动的鲜明美学特征，前人早有评论。刘克庄说："坡诗……翕张开合，千变万态。"（《后村诗话》前集）朧翁说："东坡如屈注天潢，倒连沧海，变眩百怪，终归雄浑。"（《诗人玉屑》卷二引）沈德潜称赞东坡诗笔如"天马脱羁，飞仙游戏，穷极变幻"（《说诗晬语》卷下）。赵翼也很欣赏苏轼诗的"大气旋转""放笔快意，一泻千里""气象万千"（《瓯北诗话》卷五）。这些评论尽管不够具体，却是中肯的。

以上，我们联系苏轼关于着重表现大自然动的精神的美学思想，分析了他的山水诗富于变幻飞动之趣的美学特征。必须指出：诗人写景绝不仅是为了艺术地再现客观自然美，更主要是抒写自己的思想情怀。正如古人所说："外师造化，中得心源。"（张璪语，《历代名画记》卷十引）"情景名为二，而实不可离。"（王夫之《薑斋诗话》卷二）"一切景语，皆情语也。"(王国维《人间词话删稿》)山水诗中的自然景物形象，无不染上诗人的主观感情色彩。因此，从根本上说，苏轼山水诗中景物形象的变幻飞动，乃是他动荡不宁的生活经历和思想感情的表现。

苏轼少年时便"奋励有当世志"（苏辙《东坡先生墓志铭》），他满怀着经世济民、安邦治国的理想抱负走上仕途。但由于他在北宋后期激烈的党派斗争中独立不倚，刚直不阿，敢言敢争，因此，不断地遭受各党派的排斥、攻击以至陷害。他仕宦数十年，屡经坎坷，饱尝忧患。政治上的挫折，加上老庄和佛家的清静无为、返璞归真、随缘自适等思想的影响，使他向往归隐山林和躬耕田园的生活，乐于投入山水大自然的怀抱，寻求精神上的安慰与解脱。他的山水诗，也就有一些闲适恬静、孤寂澹泊、高风绝尘的作品。但是，苏轼对待人生的主要倾向，是积极入世、锐意进取的。他始终不能忘怀政治时事。即使到了晚年，在被贬海南、贫病交迫之际，仍眷眷于朝廷，"许国""匡时"之志并未泯灭。他的内心不断进行着积极入世和消极出世的思想斗争。这使他的感情经常勃郁不平，充满牢骚愤懑，犹如波涛翻涌。尽管他竭力"旷达""超脱"，却难得有真正平静的时候。他是一个热爱生活、热爱大自然和一切美好事物的人。他的胸襟广阔、性格豪爽，有奔放的热情、横溢的才华和丰富的想象力。所以，在他歌唱大自然时，或欣喜若狂，或惊叹不置，或对照黑暗的社会现实而感慨遥深，或联想自己的坎坷人生而磊块难平……总是充满了激动、不安、炽烈的感情。这种如火如荼的激情，自然要求采取奔放跳跃、尽情倾泻、一吐为快的抒情方式，并且借助雄奇壮阔、变幻飞动的景物形象表达出来。他不可能像那位笃信空、寂、闲的禅宗哲学因而心境恬淡的唐代诗佛王维那样，面对山光水色，舒缓地抒平静之情，写清幽之景，造含蓄淡远之境。苏轼生活和思想感情的动荡不安，正是造成他笔下的山水景物形象富于变幻飞动美的根本原因。

  然而，对于我们来说，苏轼强调表现大自然动态美的美学思想及其丰硕的创作实践成果，却是一笔值得认真研究和借鉴的艺术财富。

---

① 曹雪芹：《废艺斋集稿·岫里湖中琐艺》，《中国美学史资料选编》下册，第346—347页。

第六讲

苏轼山水诗的谐趣、奇趣和理趣

清代文艺批评家刘熙载说:"东坡长于趣。"(《艺概·诗概》)苏轼的山水诗的确充满了令人解颐的谐趣、使人惊绝的奇趣和发人深省的理趣。

苏轼不仅思想旷达通脱,襟怀开朗宽广,而且还有诙谐幽默、风趣机智的个性气质。何薳《春渚纪闻》记载了苏轼与友人刘贡父互谑的一则传闻,谐趣机巧,令人捧腹。释惠洪《冷斋夜话》卷五说:"此老(东坡)滑稽,故文章亦如此。"(见《学津讨原》丛书第十五集)同书卷十载:"东坡夜宿曹溪,读《传灯录》,灯花堕卷上烧一'僧'字,即以笔记于窗间曰:'山堂岑寂寂,灯下读《传灯》,不觉灯花落,茶毗一个僧。'""茶毗"是梵文,意为火葬。这首诗妙趣横生,生动地体现出诗人谐谑的性格。方东树评苏诗:"杂以嘲戏,讽谏谐谑,庄语悟语,随事而发,此东坡之独有千古也。"(《昭昧詹言》)施补华也评苏轼七绝诗"趣多致多"(《岘佣说诗》)。

苏轼常以诙谐解嘲的态度对待自己的坎坷境遇。朱光潜先生说:"能谐所以能在丑中见出美,在失意中见出安慰,在哀怨中见出欢欣";"谐是人类拿来轻松紧张情境和解脱悲哀与困难的一种清泻剂"(《朱光潜美学文集·诗论》第二章)。苏轼诗中的谐趣便有这样的效用。

黄彻《䂮溪诗话》卷十论及中国古代诗人的滑稽、诙谐时说:"子建称孔北海文章多杂以嘲戏,子美亦戏效俳谐体,退之亦有寄诗杂诙俳,不独文举为然。自东方生而下,祢处士、张长史、颜延年辈,往往多滑稽语。大体材力豪迈有余,而用之不尽,自然如此。……坡集类此不可胜数。"(丁福保辑《历代诗话续编》上)他指出了苏轼诗的谐趣由于诗人"材力豪迈有余而用之不尽"。这是颇有见地的。

在中国古代诗史上,从《诗经》的《鸡鸣》《柏舟》《新台》,到陶潜的"种豆南山下,草盛豆苗稀"(《归园田居》其三),"饥来驱我去,不知竟何之"(《乞食》);从杜甫的"囊空恐羞涩,留得一钱看"(《空囊》)和"影遭碧水潜勾引,风嫉红花却侧吹"(《风雨看舟前落花,戏为新句》),到韩愈的"僧言古壁佛画好,以火来照所见稀"(《山石》),等等,都有谐趣。但是像苏轼那样富于诙谐的性格素质,在诗中随时以游戏笔墨自嘲自足而谐趣百出,却是少见的。

什么是"趣"?明代竟陵派诗论家钟惺的《东坡文选序》中曾经指出,"趣"便是"生机"(《隐秀轩集·文㞢集》)。清人史震林也说过:"诗文之道有四:理、事、情、景而已,理有理趣,事有事趣,情有情趣,景有景趣;趣者,生气与灵机也。"(《华阳散稿·序》,弢园丛书,清光绪九年铅印本)我以为这种解释是准确的。

苏轼把幽默和风趣大量引入山水诗中,使他笔下的山水景物形象充满了谐趣,成为富有"生气与灵机"的"景趣"。试看《次韵参寥咏雪》:

> 朝来处处白毡铺,楼阁山川尽一如。总是烂银并白玉,不知奇货有谁居。

诗人先把湖上积雪和白毡比作烂银白玉,由此联想到奇货,又由"奇货可居"这一俚俗语生发出谐趣。又如《六月二十七日望湖楼醉书五绝》其三:

> 放生鱼鳖逐人来,无主荷花到处开。水枕能令山俯仰,风船解与月徘徊。

放生鱼鳖胆子大,偏喜欢追逐游人。荷花没有主人管束,便四处盛开。诗人躺在船上看山,能使青山向他俯仰。就连风吹荡着的小舟,也都有灵性,懂得伴随月亮徘徊。每种景物都被苏轼描写得那么可爱有趣。

苏轼山水诗中的谐趣，往往是通过比喻表现出来的。如《新城道中·其一》："岭上晴云披絮帽，树头初日挂铜钲。"这两句诗用矮近的絮帽去比喻高远的白云，以细小的铜钲去比喻洪大的旭日，既相似，又很不相称、不和谐。诗人正是从比喻物与被比喻物之间的这种既矛盾又统一的关系中发掘出谐趣来。《唐宋诗醇》卷三十三评："絮帽铜钲，未免著相。"这是不正确的。是书评者没有看到诗人有意求趣这一点。又如《江上值雪，效欧阳体》一诗中的"青山有似少年子，一夕变尽沧浪髭"，把青山积雪比为少年的青髭一夜间尽变白髭，比得新奇、机灵而富于生气，自然使人觉得有趣。

在这些充满诙谐情趣的山水诗中，诗人既描绘了活泼可爱的山水景物，又抒发开朗乐观的思想感情。可见，谐趣在苏轼山水诗中往往成为诗人热爱生活、热爱大自然的一种特殊表达方式。这种表达方式，反映了诗人敏捷机智的灵感和巧思。

苏轼山水诗还富于奇趣。苏轼说："诗以奇趣为宗，反常合道为趣。"（宋·释惠洪《冷斋夜话》卷五引）又说："陶彭泽诗，初若散缓不收。反复不已，乃识其奇趣。"（《书唐氏六家书后》，见《苏东坡集》卷二十三）所谓"奇趣"，就是一种不平凡的、新奇大胆的趣，看似反常、思之却是合情合理的趣。苏轼既然把这样一种奇趣看作写诗的一个宗旨,当然要在自己的山水诗创作中着意去表现它。例如《汲江煎茶》中:"大瓢贮月归春瓮,小杓分江入夜瓶。"把用大瓢舀水入缸,说成把水中的月亮同时取来贮藏在瓮中,又把小勺舀水,想象为把江河分一部分到瓶子里,真是充满奇趣。《游金山寺》中的"是时江月初生魄,二更月落天深黑。江心似有炬火明,飞焰照山栖鸟惊。怅然归卧心莫识,非鬼非人竟何物。江山如此不归山,江神见怪警我顽。我谢江神岂得已,有田不归如江水"。把长江夜景写得奇幻莫测,又想象为江神见怪,使他不得不发誓归隐。这不同样饶有奇趣吗?《文登蓬莱阁下,石壁千丈,为波浪所战,时有碎裂》中的"我持此石归,袖中有东海",也富于奇趣。《大风留金山两日》中"塔上一铃独自语,'明日颠风当断渡'",风吹塔上铜铃发出的响声,被诗人想象为铜铃独语。《泛颍》:"……画船俯明镜,笑问汝为谁。忽然生鳞甲,乱我须与眉。散为百东坡,顷刻复在兹。此岂水薄相,与我相娱嬉。"诗人泛舟颍水之上,与江水娱嬉。水生鳞甲,扰乱诗人须眉,打散了诗人倒影,化为上百个东坡。这是一种天真烂漫的奇趣。《行琼儋间肩舆坐睡梦中得句》:"急雨岂无意,催诗走群龙。梦云忽变色,笑电亦改容。"迅雷急雨,乌云闪电,都笑容可掬地催诗人写诗。这神奇之趣,正好表现诗人爽朗乐观的情怀。

白居易在晚年曾赋诗赞赏谢灵运的山水诗具有"逸韵谐奇趣"(《白香山集·读谢灵运诗》卷七)的特色。我觉得苏轼的山水诗比起谢灵运的山水诗来,更加富于奇趣。因此,白氏的评语似乎更适于苏诗。

苏轼的山水诗更富有理趣。

苏轼认为,诗人和画家要表现山水自然美,不能只描状山水之形貌,还应进一步揭示山水大自然的内含之理,以及人与自然关系中的种种妙理。在《净因院画记》中,他指出:"山石竹木水波烟云,虽无常形,而有常理。常形之失,人皆知之;常理之不当,虽晓画者有不知……常形之失,止于所失,而不能病其全;若常理之不当,则举废之矣。以其形之无常,是以其理不可不谨也。世之工人,或能曲尽其形,而至于其理,非高人逸才不能辨。"(《苏东坡集》卷三十一)他赞扬文同画的竹石枯木"真可谓得其理者矣"。这"理"就在于"合于天造,厌于人意,盖达士之所需也"(同上)。苏轼山水诗富于理趣,与他提倡要从观万物之变中曲尽自然之理这一美学观点是分不开的。

宋代葛立方的《韵语阳秋》卷三记载了苏轼推崇陶潜诗富于理趣的一则言论:"东坡拈出陶渊明说理之诗,前后有三,一曰:'采菊东篱下,悠然见南山。'二曰:'笑傲东轩下,聊复得此生。'三曰:'客养千金躯,临化消其宝。'皆以为知道之言。"苏轼还提出"出新意于法度之中，寄妙理于豪放之外"(《东坡题跋·书吴道子画后》)的诗歌美学主张。可见，苏轼是非常强调诗要有"妙理"和"知道之言"的。

苏轼的山水诗究竟揭示了哪些妙理呢？

其一，是观察事物之妙理。试看著名的《题西林寺壁》：

> 横看成岭侧成峰，远近高低各不同。不识庐山真面目，只缘身在此山中。

诗人揭示出要全面观察和认识任何事物，不能只入乎其内，而同时要出乎其外，统观全局的哲理。这个道理有普遍意义，它能够启迪人们的智慧，引导人们去全面辩证地认识和把握世间万事万物。

其二，是关于自然、宇宙和人生的哲理。试看《唐道人言，天目山上俯视雷雨，每大雷电，但闻云中如婴儿声，殊不闻雷声也》：

> 已外浮名更外身，区区雷电若为神。山头只作婴儿看，无限人间失箸人。

诗人描写人在山上和山下听到雷声有大小不同这一自然

现象，告诉人们：只要能把身和名即生死与荣辱置之度外，对于一切危险和灾难便能无所畏惧，视若等闲；否则，即使是刘备那样将来要做皇帝的人物，听到雷声也会吓得把筷子掉落到地上。这一人生哲理，对于我们也有启发意义。

再看《登州海市》：

东方云海空复空，群仙出没空明中。荡摇浮世生万象，岂有贝阙藏珠宫。心知所见皆幻影，敢以耳目烦神功。岁寒水冷天地闭，为我起蛰鞭鱼龙。重楼翠阜出霜晓，异事惊倒百岁翁。人间所得容力取，世外无物谁为雄？率然有请不我拒，信我人厄非天穷。潮阳太守南迁归，喜见石廪堆祝融。自言正直动山鬼，岂知造物哀龙钟。伸眉一笑岂易得，神之报汝亦已丰。斜阳万里孤鸟没，但见碧海磨青铜。新诗绮语亦安用？相与变灭随东风。

面对海市这一奇妙幻景，诗人进行了哲理的思考。他认为海市里深藏着的贝阙珠宫是不真实的，它们不过是云海"荡摇浮世"而生的幻象。而人间的一切美好成果，都是要经过人的主观努力才能获得的。"人间所得容力取"，概括出这一条精辟的人生哲理。但诗的末尾，却又表现出由于海市的转瞬即逝而产生的幻灭悲哀之感。这首诗的思想内容是复杂矛盾的，既有诗人从丰富的生活经验中总结出来的真理，又有来自老庄和佛家消极的虚无思想。

在《百步洪二首》（其一）一诗中，苏轼所思考的哲理，乃是岁月的变迁、人世的短暂、宇宙的无穷。诗人对洪水激流的描写并非单纯写景，而是以洪水的形象隐喻时间的飞逝和人世的险恶，同后半篇的议论说理是紧密关连的。"我生乘化日夜逝，坐觉一念逾新罗。纷纷争夺醉梦里，岂信荆棘埋铜驼。觉来俯仰失千劫，回视此水殊委蛇。君看岸边苍石上，古来篙眼如蜂窠。"岁月流逝，人生有限，沧桑变迁，宇宙无穷，使诗人深深感到纷纷攘攘争名夺利的可笑。然而诗人并没有陷入消沉的漩涡。他笔锋一转，写出了"但应此心无所住，造物虽驶如吾何"两句诗，以通脱旷达的思想自我慰解，仍然表现出诗人豁达乐观的情怀。

苏轼的山水诗除了表现这些关于宇宙人生的抽象哲理，还常常借助平凡的自然景物和日常的生活情事，对封建社会的世态人情作出深刻的哲理概括。例如《慈湖夹阻风五首》其一和其五：

捍索桅竿立啸空，篙师酣寝浪花中。故应菅蒯知心腹，弱缆能争万里风。

卧看落月横千丈，起唤清风得半帆。且并水村欹侧过，人间何处不巉岩！

两首诗写的都是诗人被贬南行途中的小景。诗人把船上的弱缆同风浪的抗争，与自己在人生道路上的搏斗联系在一起；又把狭隘曲折、暗礁四伏的水路，同现实人生道路的险恶联系在一起。通过这一联系，山水自然景象便上升为对于人生的哲理概括。"且并水村欹侧过，人间何处不巉岩"，揭示出封建社会里正直的知识分子人生道路的崎岖险阻。而"故应菅蒯知心腹，弱缆能争万里风"，又表现了诗人敢于抗争、不畏险阻的人生态度。这样的山水诗，具有更深刻的社会意义。

以上两点，便是苏轼山水诗中主要表现的妙理。

沈德潜说："诗不能离理，然贵有理趣，不贵下理语。"（《清诗别裁·凡例》）我认为苏轼的山水诗是富于理趣的。因为第一，苏轼山水诗中的哲理，大多数是诗人在对山水自然景物的认真观察、深入体验和辛勤思考中总结出来的。它们饱含着诗人真切的感受和独到的发现，确实有不少是真知灼见，并非陈腐浅陋的封建伦理道德教条。清人王文诰在评《题西林寺壁》一诗时说："凡此种诗皆一时性灵所发。若必胸有释典，而后炉锤出之，则意味索然。"（《苏文忠公诗编年集注》卷二十三）他正确指出苏轼的这类山水诗都是"一时性灵所发"，不是胸中先有佛家经典然后再拼凑景物去作图解。这正是苏轼山水诗具有理趣的前提。

第二，苏轼山水诗的哲理是同艺术形象紧密结合，并"带情韵以行"（沈德潜《说诗晬语》卷下），用诗的语言来表达的。例如上引《题西林寺壁》一诗，写的是具体特殊的庐山形象，诗中洋溢着诗人因庐山美景而引起的惊奇赞美之情，却又蕴含着普遍、深邃的哲理。《登州海市》中的哲理议论结合着对于海市奇幻景象的生动描绘。《百步洪》中的哲理更是从"长洪斗落生跳波，轻舟南下如投梭。水师绝叫凫雁起，乱石一线争磋磨。有如兔走鹰隼落，骏马下注千丈坡。断弦离柱箭脱手，飞电过隙珠翻荷。四山眩转风掠耳，但见流沫生千涡"这些有声有色有奇妙意象地描写洪水的诗句中引发出来的。这两首诗的哲理和议论又都融和着诗人强烈、深沉的人生感喟。《唐道人言，天目山上俯视雷雨……》一诗议论成分较重，形象相对薄弱，但诗人的说理和议论仍然是紧扣着山上和山下闻雷这一具体情事而发。正因为哲理同形象和感情结合，所以这些诗并非干燥无味，而是激动人心并耐人咀嚼的。日本人遍照金刚在论述"理入景势"时说："诗不可一向把理，皆须入景语始清味。理欲入景势，皆须引理语入一地及居处。所在便论之，其景与理不相惬，理通无味。"（《文镜秘府论》）苏轼正是善于将哲理融"入景语""引理语入一地及居处"，而不是"所在便论之"，因此他的山水诗能够"景理相惬"，富有"清味"即清新活泼的趣味。

第三，陆机说："立片言以居要，乃一篇之警策。"（《文赋》）苏轼山水诗之所以富于理趣，还因为诗人善于把哲理予以提炼概括，把它诗意化，浓缩成警句，并安排在关键位置上。如"不识庐山真面目，只缘身在此山中""弱缆能争万里风""人间何处不巉岩"等，都是精彩的哲理警句。这些警句是诗人将情、景、理凝聚而成的结晶体。它们往往置于篇末，犹如"画龙点睛"之笔，能使全诗的意境飞腾起来。

纪昀评苏轼《和子由记园中草木十一首》说："纯乎正面说理，而不入肤廓，仍是诗人之境，非道学意境也。理喻之米，诗则酿之而为酒；道学之文，则炊之而为饭。"（见纪昀评点《苏文忠公诗集》卷五）苏轼富于理趣的山水诗中之境，乃是"诗人之境"而非"道学之境"，是诗人将理之米酿制成的耐人品味的美酒。

中国古典山水诗脱胎于玄言诗。因此，一开始便带着谈玄说理的成分。到了唐代，王维的山水诗多蕴禅理，但他能将禅意与画意结合起来，使诗中富有景趣和理趣。而在杜甫的《望岳》、王之涣的《登鹳雀楼》、白居易的《赋得古原草送别》、杜牧的《山行》、李商隐的《乐游原》等山水名篇中，抒写的已不是禅理，而是关于自然、社会和人生的哲理。宋代理学盛行，邵雍、程颢和程颐等理学家把诗当作明道致用，宣传封建伦理道德的说教工具；另一方面，诗文革新派的领袖以韩愈为宗师，接受并发展了韩愈"以文为诗"、借诗谈理的创作倾向。所以议论和说理成了宋诗的一个突出的特点。在北宋的山水诗中，也有富于理趣的。如王安石《登飞来峰》："不畏浮云遮望眼，自缘身在最高层。"《九井》："山川在理有崩竭，丘壑自古相虚盈。"但总的来看，除苏轼、王安石等少数诗人外，北宋山水诗写得富于理趣的并不多见。

  在北宋喜爱以诗谈理的创作风气的影响下，苏轼与理学家们把诗写成押韵之语录讲义的做法不同。他能够认真学习和汲取前代诗人在山水诗中表现哲理的艺术经验，所以他的山水诗既有妙理，又有趣味。苏轼山水哲理诗还受到庄子散文和佛家偈语的影响。庄子的散文，能将说理同对客观事物传神生动的形象描写结合起来。因此说理既透辟，又有感染力。例如《秋水》篇，作者先把黄河秋天水涨时的景象写得生动而富有气势；接着，又用河伯望见海水时惊叹的寓言说明宇宙的广阔无垠和人生所知的有限。苏轼的《百步洪》和《登州海市》，在立意构思上与《秋水》很相似，显然受到《秋水》的影响。佛家的偈语，常以山水自然景物的形象含蓄巧妙地喻指禅理。苏轼的一些山水诗，如《题西林寺壁》，便吸取了禅偈的机锋,写得机智精辟。但也应该指出,由于苏轼受佛家思想影响较深,因此他也有一些山水诗,借写山水景物来阐发、宣扬佛家的禅理,如《赠东林总长老》。像这类缺少趣味的山水禅理诗,在苏诗中也有不少。正如赵翼所说:"……摹仿佛经,掉弄禅语,以之入诗,殊觉可厌。不得以其出自东坡,遂曲为之说也。"(《瓯北诗话》卷五)

方东树在《昭昧詹言》卷十一中说:"杜韩李苏四家,能开人思界……由其胸襟高,道理富也。""胸中藏得道理多,触手而发,左右逢源皆有归宿……足以感触发悟心意。"这个评语是正确的。

苏轼在山水诗创作中,把情、景、理交融起来,创造出富于理趣意境的艺术经验,对于后代的山水诗创作产生了深远的影响。例如南宋朱熹的《观书有感》《春水》,杨万里的《过松源晨炊漆公店》,陆游的《游山西村》等作品,便都是学习了苏轼的艺术经验,在描山绘水中蕴含哲理的佳作。

第七讲

苏轼山水诗的水墨写意画情趣

宋代大诗人苏轼创作了许多脍炙人口的山水诗。他在借鉴前代山水诗人丰富的艺术经验的基础上,作了多方面的探索与开拓,取得了丰硕成果。其中,融画境入诗,使之富于文人水墨写意山水画的情趣,就是苏轼对于古代山水诗的发展所作出的一个卓越贡献。

中国古代山水画在北宋进入了它的兴盛期。这时的山水画家除了继承东晋以来的工笔重彩技法,还大大地发展了唐代王维、张璪等人开创的水墨写意作风,形成了彩墨交辉的奇观。作为诗人兼书画家的苏轼,敏感地察觉到这一变化。他说:"世多以水墨画山水竹石人物者。"苏轼自己擅长写竹石、兰菊、枯木、寒林。前人评其画风"妙笔草草,动有生气""天真发溢,非只求肖",所画墨竹"英风劲气,往来逼人"。可见,他是一位水墨写意的画家。苏轼并不排斥金碧辉煌的工笔山水,却更喜爱墨晕神奇的写意山水。他一再宣称,"文以达吾心,画以适吾意""巧者,以意绘画"。他最推崇王维，称其以水墨渲染"画山川峰麓，自成变态。虽萧然有出尘之姿，然颇以云物间之，作浮云杳霭与孤鸿落照，灭没于江天之外。举世宗之"。此外，苏轼还写了"风流文采磨不尽，水墨自与诗争妍""缥缈营丘水墨仙，浮空出没有无间""天公水墨自奇绝，瘦竹枯松写残月"等诗句，热烈赞美水墨写意山水画。

诗和画原是姐妹艺术。它们各自发展到了比较成熟的阶段，自然要互相影响和渗透。苏轼非常热心提倡诗画融合。在书王维《蓝田烟雨图》的一则题跋中，他高度概括出"诗中有画""画中有诗"的著名美学命题。他还夫子自道写诗的经验是："苏子作诗如见画。"这就清楚地说明，苏轼借鉴山水画的表现技法，努力创造出富于水墨写意情趣的诗的意境，是在明确的美学观点指导下自觉进行的。

于是，在苏轼的山水诗中，我们看到诗人很少对山水景物作面面俱到、移步换形的刻画，而是往往以一位诗人兼画家的锐敏眼光，捕捉住景物对象最突出的主要特征，简洁迅放的几笔，便有力地勾勒出山水的鲜明形象，显现其独特的神采。请看，"野阔牛羊同雁鹜，天长草树接云霄"（《题宝鸡县斯飞阁》），仅一联即活画出西北高原辽阔苍茫的气象；"江云漠漠桂花湿，梅雨翛翛荔子燃"（《舟行至清远县》），只两句已把岭南的迷人风光再现得那么逼真、鲜丽；"千山动鳞甲，万谷酣笙钟"(《行琼儋间，肩舆坐睡，梦中得句……》)，雄放飞动的形象，把读者带到风雨骤至、草木狂舞、万籁齐鸣的海岛之上。这种以潇洒疏放笔墨突出景物主要形象特征的表现方法，比起历历俱足、繁实详尽的谨细描写，更能妙传山水的神态，畅抒诗人之情意。

强调传神写意，就是既要艺术地再现客观自然美，更要侧重于表现自己对自然美独到的感受、体验与评价。为了更好地传神写意，苏轼显然不仅仅满足于描绘实景，而往往是大力驰骋想象，因心造境，化实为虚，使虚实相生，"实境清而空景现""真境逼而神境生"（笪重光《画筌》）。这种借助情思和想象重新熔铸出的虚拟意象，离景物的原型很远，甚至完全改变了原型的状貌、性质，却更集中、更强烈、更完美地表现出审美主体和客体的内在精神。传诵很广的《饮湖上初晴后雨》，即是苏轼运用化实为虚、使虚实结合创造美的形象的典范之作。诗人先以"水光潋滟晴方好，山色空濛雨亦奇"二句，逼真地描绘出西湖在晴天和雨雾中的旖旎风光；继而运实入虚，以神来之笔挥洒出一位"淡妆浓抹总相宜"的越国美人西施的形象，非常新鲜、贴切，诱人无穷美妙的联想，从而饶有诗情画意地表现了西湖的绰约风姿，成为对西湖最恰当的评语。又如著名的《百步洪》诗，诗人一开篇即以长洪斗落、跳波飞溅、轻舟掠过、水师绝叫、凫雁飞起这一连串飞动形象描状洪水的汹涌声势,但这还是属于实景。诗人感到意犹未足。于是,他又紧紧地抓住一个"急"字,化实为虚,以联想和想象铸造出新的意象,一口气连用"有如兔走鹰隼落,骏马下注千丈坡。断弦离柱箭脱手,飞电过隙珠翻荷"七个比喻,淋漓酣畅地渲染出百步洪激浪滚滚、一泻千里的势态。再看《送杨杰》写泰山日出:"天门山上宾出日,万里洪波半天赤。归来平地看跳丸,一点黄金铸秋桔。"这里,"赤色洪波""跳丸"和"金桔",全属虚拟的意象。但这些设想奇妙的意象,把红日从漫天朝霞中喷薄而出、越升越高的景象,描状得多么瑰丽动人呵!

刘熙载在《艺概》中说:"按实肖象易,凭虚构象难。"然而,我们看到苏轼运用这种"凭虚构象"的表现方法,已达到了挥洒自如的境地!他在许多诗中成功地运用这一手法,把山水云月写得美丽神奇、新鲜机灵、富于生气、活泼有趣,借以抒写他对生活、对大自然的热爱之情,以及开朗乐观的襟怀。释惠洪在《冷斋夜话》中说:"诗者,妙观逸想之所寓也""东坡妙观逸想"。是的,正因为善于妙观逸想,使东坡能够在自然造化之外别构一种灵奇,创造出传神写意的新美境界。

苏轼在刻画山水景物形象时,还善于吸取、借鉴山水画家俯仰观照的空间意识和散点透视的表现技法。他常常不是从景物的细微处入手,而是高瞻远瞩,总揽全局,从大处落墨,大刀阔斧地勾勒山川景物的总体形象,创造雄伟壮阔的意境。试以《雪浪石》为例。诗人一开篇即展现"太行西来万马屯,势与岱岳争雄尊,……削成山东二百郡,气压代北三家村",大笔勾勒出整个太行山区的轮廓线条。又如《行琼儋间,肩舆坐睡,梦中得句……》:"四州环一岛,百洞蟠其中。我行西北隅,如度月半弓。登高望中原,但见积水空。……眇观大瀛海,坐咏谈天翁。茫茫太仓中,一米谁雌雄。……"同样是一下笔便概括了海南岛的四州百洞,而且笔触还延伸到无限浩淼的大瀛海去,真有包括宇宙之势。这种大处落墨、恣意挥洒的手法,最适合表现类似长卷大轴的写意山水画般壮阔的境界。

　　唐宋的山水画家喜欢借助水墨的渲染,着意创造空灵清润、恍惚幽远、景物在若有若无之间的意境美。苏轼也爱好追求这样一种水墨情趣。他常常在诗中表现水墨写意山水画中常见的烟雨苍苍、云雾蒙蒙、若隐若现、时明时灭的景致。《九日黄楼作》,从"朝来白雾如细雨,南山不见千寻刹",写到"烟消日出见渔村,远水鳞鳞山齾齾",画出一幅晦明变幻的山水图画,以诗的形式成功地实践了他所提出的"山水以清雄奇富、变态无穷为难"(《跋蒲传正燕公山水》)的绘画理论主张。此外,诸如"长淮忽迷天远近,故人久立烟苍茫""无限楼台烟雨濛""西山烟雨卷疏帘""但闻烟外钟，不见烟中寺"……都是富于水墨画韵味的。读着这些诗句，宛然一轴轴水墨淋漓的米襄阳云山烟雨图浮现在我们眼前。

苏轼很善于在山水诗中敷彩设色。但为了追求水墨写意的艺术效果，他有时故意避开色彩，突出或纯用黑白二色。请看《六月二十七日望湖楼醉书五绝》其一："黑云翻墨未遮山，白雨跳珠乱入船。卷地风来忽吹散，望湖楼下水连天。"诗人以"翻墨"形容"黑云"，用"跳珠"状写"白雨"，使黑白二色在相互映照中格外明亮夺目，仿佛发出了响声！此诗的水墨情趣，可以同王维的"日落江湖白，潮来天地青"媲美。

在山水诗中表现水墨写意画的情趣，当然不是苏轼首创。在王维的一些山水诗中，早已渗透了水墨画的神韵。但王维似乎不是有意为之，而是他作画的美学趣味在写诗时的自然流露。苏轼则既在理论上积极倡导，又在创作中大力实践。他在《送钱塘聪师闻复叙》中说："诗有奇语，云烟葱茏，珠琲的砾，识者以为画师之流。"与其说是评闻复诗，毋宁说是他对自己山水诗水墨写意画情趣的自我欣赏。

第八讲

论苏轼诗塑造人物形象的艺术

在抒情诗中渗入叙事成分借以描绘人物，早在《诗经》和屈原、曹植、陶渊明等诗人的作品中就偶尔出现了。盛唐的李颀无疑是在这方面努力探索并取得突出成就的一位诗人。他在若干首赠别友人的诗中，有意突破古典诗歌单纯借景抒情的传统格局，对他心目中的英雄豪杰从外表到内心世界反复刻画，并以热情的口吻加以赞叹，大笔勾勒出张旭、陈章甫、梁锽、刘十等落拓不羁而又耿介拔俗的人物形象[①]。唐代的不少诗人，也都写过这种人物素描诗，如王维的《少年行》《与卢员外象过处士崔兴宗林亭》，高适的《营州歌》，王昌龄的《采莲曲》《越女》，杜甫的《饮中八仙歌》《醉时歌》《遭田父泥饮美严中丞》，万楚的《五日观妓》，杜荀鹤的《山中寡妇》，等等。至于杜甫的"三吏""三别"，白居易的《长恨歌》《琵琶行》《卖炭翁》等，塑造了更丰满的典型人物形象，但这些作品已属有较完整故事情节的叙事诗，另当别论。

到了宋代，诗歌同社会人生的联系更加密切，诗人对人的精神世界的探索更加深入。随着人物画和以人物故事为主要描写对象的话本小说以及传记散文的蓬勃兴盛,诗人们博采旁通,刻画人物形象的艺术技巧也日益丰富、成熟。在抒情诗中叙事写人,已成为宋代诗歌创作的一种新风气。北宋著名诗人王禹偁、梅尧臣、欧阳修、苏轼、黄庭坚、苏辙、陈师道等人,都写了数量远远多于李颀的人物素描诗。其中,写得最多最好的是苏轼。

苏轼青年时就"奋厉有当世志"(苏辙《亡兄端明子瞻墓志铭》)。踏入仕途不久,因为他的改革弊政主张同当时王安石推行的新法有分歧,遂卷入了激烈的政治斗争漩涡。他屡遭排挤、迫害,被流放到不少名城远郡,直到荒僻的海岛。宦海浮沉,使他的生活阅历非常丰富,并有机会同各式各样的人物接触交往。苏轼豪爽豁达,待人至诚,敏感而富于同情心,善于观察人,了解人,喜欢在诗中记录对于各种人物的印象和感受。他天性真率,胸怀坦荡,勇于解剖自己的心灵,表现自己的喜、怒、哀、乐、爱、恶、欲,描画自己的外貌衣着、音容、举止、神情意态,经常为自己传神写照。因此,"苏东坡伟大的人格比任何一位中国作家更突出,也更完整地蚀刻在他的生活和作品中"[②]。苏轼写了将近二百首为自我画像和雕塑各种人物形象的诗篇,几乎占了他全部诗作的十分之一。

在苏轼诗歌的人物画长廊中，诗人的自我形象——这位戴竹笠、著木屐、挂竹杖，疏眉秀目、美髯飘飘，风神潇洒、才情横溢的东坡先生，是性格最丰富多彩，形象也最为生动鲜明的。其他人物，有皇室贵胄、朝廷大臣、州郡长官、乡村小吏、武将豪侠、前辈师友、门人弟子、诗人词客、书家画手、秀才寒士、歌妓艺人、高僧老道、山人隐者、民间医师、村叟渔父、田姑农妇、黎族老汉，还有诗人的家乡父老、叔丈表兄、胞弟爱妾、儿子侄儿等。如此众多的人物形象，也大都活灵活现，栩栩如生。这些人物，几乎遍及社会生活的各个层面、各个角落。诗人真切地描绘了他们的外貌特征、思想性格、感情心态、命运遭际，从而反映出北宋中叶的社会世相和人生百态，触动了那个变革时代急剧跳动的脉搏，展现出一幅五光十色的广阔社会画卷，也表达了诗人对现实生活的深刻认识和进步的社会理想。苏轼的人物素描诗，无疑具有巨大的思想意义和认识价值。本文仅对苏轼在抒情诗中塑造人物形象的艺术，作初步的探讨。

一

诗歌最本质的艺术特征是抒情。在抒情诗中，诗人描绘一定的人物、事件和场景，并非为了通过这些艺术形象和画面去构成完整的故事，或完整地再现一定的社会生活，而主要是借助这些形象和画面抒情，即表达自己爱憎褒贬的感情和感受。苏轼深谙诗歌贵在以真情动人的艺术奥秘。他写人，总是选择他熟悉和钟爱的人物来描写，努力捕捉这些人物富有魅力的神情风度，发掘其美好的思想品质和道德情操，用饱含浓厚感情的笔触去勾画呈示并热烈赞颂，使人物形象生发出征服人心、以情动人的艺术力量。这是苏轼塑造人物形象的一个鲜明特色。

苏轼与弟弟苏辙性格迥异，却有相同的政治见解和志趣抱负。兄弟俩既有手足之情，又有同志之爱，一生休戚相关，患难与共。苏轼刻画子由形象抒写兄弟情谊的诗歌，应列入中国诗歌史上最感人肺腑的作品之中。试看《戏子由》③：

> 宛丘先生长如丘，宛丘学舍小如舟。常时低头诵经史，忽然欠伸屋打头。斜风吹帷雨注面，先生不愧旁人羞。任从饱死笑方朔，肯为雨立求秦优？眼前勃谿何足道，处置六凿须天游。读书万卷不读律，致君尧舜知无术。劝农冠盖闹如云，送老齑盐甘似蜜。门前万事不挂眼，头虽长低气不屈。余杭别驾无功劳，画堂五丈容旗旄。重楼跨空雨声远，屋多人少风骚骚。平生所惭今不耻，坐对疲氓更鞭箠。道逢

阳虎呼与言，心知其非口诺唯。居高志下真何益，气节消缩今无几。文章小技安足程，先生别驾旧齐名。如今衰老俱无用，付与时人分重轻！

熙宁四年（1071），子由因反对新法，并致书王安石力陈新法不可行，于是得罪，辟为陈州州学教授。东坡赴杭州前曾去陈州会晤子由，到杭不久作此诗。诗以夸饰手法和诙谐语气，称赞子由居处低狭、生活清苦，却气节崇高，淡泊名利；又嘲笑自己画堂深远、重楼跨空，却居高志下，扰民诺唯。诗人有意贬抑自己和子由对照，其结果，反而使兄弟俩品格一样光彩照人。全篇洋溢着诗人政治失意愤懑不平之情，对弟弟关怀、爱护、敬重、勉励之意。正由于诗人的思想感情同笔下的人物息息相关，才使得身材高大、气宇昂藏的子由形象特别亲切感人。

苏轼有一颗博大仁爱的心。他热爱人民，关怀人民。每到一地，总是深入民间，体察民情，同百姓融洽相处，并尽其所能为百姓兴利除害。他有一些诗，带着深深的忧愤刻画农民的形象，反映他们饱受残酷的封建剥削的苦难生活。《山村》一首，写一个年已七十的老翁，腰插镰刀，到山里割笋蕨充饥，含泪向诗人诉说"岂是闻韶解忘味，迩来三月食无盐"的痛苦。这幅人物速写画，虽仅寥寥两笔，已如见其人，如闻其声。《鱼蛮子》写一户农家为了逃避租赋,被迫抛家弃田,躲在破船上终年飘流,以鱼虾、青菜充饥。诗人真实细致地描写他们形同獭狙的生活情景,并以"人间行路难,踏地出赋租"的点睛之笔,对无孔不入的封建地租剥削提出强烈控诉! 诗的结尾,"蛮子叩头泣,勿语桑大夫!"描写渔民向诗人叩头哀求,不要把他们逃避的路线告诉横征暴敛的官吏。这个声态并作的人物特写镜头,仿佛也浸渍着诗人同情的热泪。在《吴中田妇叹》中,诗人把农民的悲惨境遇集中概括为一个更有典型性的人物形象:

今年粳稻熟苦迟,庶见霜风来几时。霜风来时雨如泻,把头出菌镰生衣。眼枯泪尽雨不尽,忍见黄穗卧青泥! 茅苫一月陇上宿,天晴获稻随车归。汗流肩赪载入市,价贱乞与如糠粞。卖牛纳税拆屋炊,虑浅不及明年饥。官今要钱不要米,西北万里招羌儿。龚黄满朝人更苦,不如却作河伯妇!

通篇是田妇的悲叹之词,句句逼肖田妇口吻,每一个细节都富于生活实感和形象性,把田妇在天灾人害中苦苦挣扎走投无路意欲投河自尽的行为经历、神情心态写得淋漓酣畅、动人心魄! 诗人对新法的讥讪固然带着偏见,却也准确、深刻地针砭了造成钱荒的新法流弊。他对农民艰辛生活和凄惨境况的深切同情更令人感动。读此诗，我们分明听见诗人和田妇同声叹息！

因为对人民满怀同情与爱，苏轼非常敬重和赞美那些清廉正直、宽政恤民的官员，在诗中成功地塑造了吕景纯、陆介夫、鲁元翰、刁铸、赵尚宽、王庆源、柯述、何智甫等一批清官良吏的形象。其中写王庆源的一首尤为出色：

青衫半作霜叶枯，遇民如儿吏如奴。吏民莫作官长看，我是识字耕田夫。妻啼儿号刺史怒，时有野人来挽须。拂衣自注下下考，芋魁饭豆我岂无！归来瑞草桥边路，独游还佩平生壶。慈姥岩前自唤渡，青衣江畔人争扶。今年蚕市数州集，中有遗民怀裤襦。邑中之黔相指似，白髯红带老不癯。我欲西归卜邻居，隔墙拊掌容歌呼。不学山、王乘驷马，回头空指黄公垆。（《庆源宣义王丈……》）

这位王庆源是苏轼的叔丈人。诗中写他官卑职微，家计困窘，衣着寒伧，却不谄上，不傲下，待百姓亲如家人。他坦诚地请百姓不要把他看作长官，说自己不过是识字耕田夫。他不愿坑害百姓，敢于顶撞太守，愤然自认政绩下等，掷下乌纱帽，拂衣而去，回乡吃庄稼饭。他辞官躬耕以后，老百姓念念不忘他的德政，敬爱他，照顾他。诗人之笔，饱蘸浓情，捕捉住富有戏剧性的场景和典型细节，把这一个倔强傲岸、志节高尚、爱民如子的老贤吏形象雕塑得实实在在，形神兼备，性格鲜明，血肉丰满。诗人不仅对王庆源倾吐仰慕之情，甚至把自己的一部分思想感情和愿望给了他。"吏民莫作使君看，我是识字耕田夫！"这是王庆源的心声，也是苏轼夫子自道。犹如金石之声，铿锵有力，撼人心弦！

更加难能可贵的是，苏轼往往在他所描写的许多地位卑微、处境艰难的人物身上，发现一颗颗金子般熠熠闪光的心灵。他写书生董传，既深切同情董传穿粗布衣吃野菜无钱娶妻的穷困境况，更热烈赞扬他"腹有诗书气自华"的轩昂志气（《和董传留别》）。他写同乡友人巢三，擅骑射，知兵书，因急人之难而逃避官府追捕到了黄州，"东坡数间屋，巢子谁与邻？空床敛败絮，破灶郁生薪。相对不言寒，哀哉知我贫。我有一瓢酒，独饮良不仁。未能赪我颊，聊复濡子唇"（《大寒步至东坡赠巢三》）。诗人写巢三与他在东坡相濡以沫，共度艰危，以友情之火互相温暖的情景，令人读之心弦震颤。他写一位八十三岁的民间碑帖收藏家："扬雄老无子，冯衍终不遇。不识孔方兄，但有灵照女。家藏古今帖，墨色照箱筥。饥来据空案，一字不堪煮。枯肠五千卷，磊落相撑拄。

吟为蜩蛩声,时有岛可句。为语里长者,德齿敬已古。如翁有几人,薄少可时助。"(《虔州吕倚承事年八十三读书作诗不已,好古今帖,贫甚,至食不足》)在饥寒煎迫之中,吕倚仍据案读书,兴味盎然;收藏碑帖,乐而不倦。多么可敬可爱的老人!诗人情不自禁,大声疾呼,要尊重和爱护年高德劭的长者,给予他们支持与资助。他写一位幽居深山的黎族老人:"黎山有幽子,形槁神独完。负薪入城市,笑我儒衣冠。生不闻诗书,岂知有孔颜。脩然独往来,荣辱未易关。日暮鸟兽散,家在孤云端。问答了不通,叹息指屡弹。似言君贵人,草莽栖龙鸾。遗我古贝布,海风今岁寒。"(《和陶拟古》其九)这位采薪老人不闻诗书,不知孔颜,却有一颗善良淳厚的心。从他的叹息和屡屡弹指的动作中,我们能够感受到他对被流放到海岛上的诗人的深深同情。他把保藏多年的古贝布送给诗人抵御风寒的行为,更令人感动。苏轼在任杭州通判期间,还写了一首《於潜女》:

青裙缟袂於潜女,两足如霜不穿屦。觺沙鬓发丝穿柠,蓬沓障前走风雨。老濞宫妆传父祖,至今遗民悲故主。苕溪杨柳初飞絮,照溪画眉渡溪去。逢郎樵归相媚妩,不信姬姜有齐鲁。

诗人以清丽之笔，画出一幅劳动妇女的肖像。这位於潜山村的妇女，有美丽的外貌和服饰，更有纯朴可爱的品质。她在风雨中愉快地劳动，在清溪边含笑画眉，给采樵归来的丈夫送上温柔妩媚。诗人把自己向往和追求的美的理想——一种古朴、真率、健康、开朗的美，外貌与内在品质和谐统一的美，寄托在平凡普通的劳动妇女的身上，这是非常可贵的。

从上面论析不难看出，苏轼写人物，总是笔蘸浓情，以情写人，在再现中表现，借叙事以抒情。诗人既注意刻画人物的外貌形象，更把笔触深入人物的心灵世界中，或把自己的灵魂赋予人物，或将自己的美好理想寄托于人物。这样，在苏轼的诗中，诗人的自我形象总是同他所塑造的人物形象呼吸相通，肝胆相照。当人物形象在一片情感酝蓄烘染的世界里活灵活现之时，浓浓的诗情也就随之漫溢开来，有如清泉甘露般渗进了读者的心坎。苏轼在抒情诗中塑造人物的这一艺术经验，无疑是带有普遍性的。

二

诗人描写人物，当然要力求刻画出人物的个性特征，表现人物独特的神情意态和内心世界。一句话，要传人物之神。只有传神的人物形象，才有可能使诗人藉以抒写的感情和感受具有真实性和典型性。但是，诗歌受音律的限制，篇幅不长，不可能像小说那样在广阔的历史背景上展开曲折复杂的故事情节，从而细致地、多侧面地显示人物性格。抒情诗作为"诗中之诗"，短小精练，在图貌造型、刻画人物性格方面，也不如散文和叙事诗那样自由灵便。那么，抒情诗人如何为人物写照传神呢？

苏轼在学习前人艺术经验的基础上勇于探索，大胆创新，成功地解决了这一艺术难题。他在《传神记》一文中，精辟地阐明了人物画家传神的奥秘。他说：

> 传神之难在目。顾虎头云："传神写照，都在阿堵中。"其次在颧颊。……传神与相一道。欲得其人之天，法当于众中阴察之。今乃使人具衣冠坐，注视一物，彼方敛容自持，岂复见其天乎！凡人意思各有所在，或在眉目，或在鼻口。虎头云："颊上加三毛，觉精采殊胜。"则此人意思盖在须颊间也。……此岂举体皆似，亦得其意思所在而已。使画者悟此理，则人人可以为顾、陆。

苏轼明确指出，所谓传神，就是要突出人物的个性特征，即"意思"。而"意思"因人而异，各有所在，或在眉目，或在鼻口。这就突破了顾恺之"传神写照，都在阿堵中"的固定、刻板论点。他又提出一个"天"的概念。所谓"天",即人物最自然最天真的状态,只有通过长时间的暗中观察,才能捕捉它,从而表现出人物的真面目、真性情。可见,苏轼在诗中传人物之神,是以其精辟的创作理论为指导的。

苏轼深知诗歌描绘人物,更集中、更概括、更精练,因此他常用白描,简笔勾勒,把人物的"意思"即独特个性或神态显现出来,达到"以少总多""以一当百"的艺术效果。我们看他写的《郭纶》:

> 河西猛士无人识,日暮津亭阅过船。路人但觉骢马瘦,不知铁槊大如椽。因言"西方久不战,截发愿作万骑先"。我当凭轼与寓目,看君飞矢集蛮毡。

郭纶是一名弓箭手,曾屡立战功,却不得封赏,不受重用。诗仅八句,就描绘了人物的动作、神态、语言,还用瘦马、大铁槊作衬托,勾勒出一位渴望驰骋沙场杀敌立功却苦于请缨无路的勇士形象,也抒发了诗人对他的同情与期望。诗一开篇,便展现郭纶"日暮津亭阅过船"一幅孤寂无聊的情景。清人纪昀称赞:"二句写出英雄失路之概。"(《纪批苏诗》卷一)确是传神妙笔。苏辙也写了一首《郭纶》,历叙郭纶的战斗经历和有功不获赏的过程,计二十九韵之多,却没有一笔是传神的。我们再看苏轼的《送李公恕赴阙》：

> 君才有如切玉刀，见之凛凛寒生毛。愿随壮士斩蛟蜃，不愿腰间缠锦绦。用违其才志不展，坐与胥吏同疲劳。忽然眉上有黄气，吾君渐欲收英髦。立谈左右皆动色，一语径破千言牢。我顷分符在东武，脱略万事惟嬉遨。尽坏屏障通内外，仍呼骑曹为马曹。君为使者见不问，反更对饮持双螯。酒酣箕坐语惊众，杂以嘲讽穷诗骚。世上小儿多忌讳，独能容我真贤豪。……

诗中对友人李公恕由失意到得意的经历只略作点染，却集中笔墨刻画人物的独特性格和精神风貌。诗人既用警策的比喻虚写其抱负才华，更借助具体的生活场景和动作细节白描其独特的神情意态，一位爽利豁达、谈锋刚健、豪放洒脱的"真贤豪"形象便已须眉欲动。无独有偶，苏辙也写了一首《送转运判官李公恕还朝》："我行未厌山东远，昔游历下今梁苑。官如鸡肋浪奔驰，政似牛毛常黾勉。幸公四年持使节，按行千里长相见。鹰掣秋田伏兔惊，骥驰平野疲牛倦。似怜多病与时违，未怪两州从事懒。除书夺去一何速，归袖翩然不容挽。黄河东注竭昆仑，钜野横流入州县。民事萧条委浊流，扁舟出入随奔电。回首应怀微禹忧，归期且喜宁亲便。公知齐楚即为鱼，劝筑宣防不宜缓。"诗中多用比喻、对偶、对照手法，叙写诗人与李公恕的交游和友谊，感情充沛，笔力雄健，波澜开阖，在《栾城集》中，应属上乘之作。但写李公恕，用墨不少，仍然没有一笔能活画人物个性和神采的。两相对照，更显出苏轼描绘人物擅于简笔勾勒白描传神的高超艺术功力。

苏轼十分喜爱并擅长在动态中捕捉和表现人物的性格神采。他欣赏吴道子的《佛入涅槃画》描绘佛魔形象动态感强，栩栩如生："波旬（魔王）皆作舞，而大波旬酝藉徐行，喜气漏于眉宇之间"（《论画》，黄庭坚《豫章集·跋东坡论画》引）；也称赞学吴道子的宋代画家武宗元画中岳壁图，人物"劈头得胜气""几欲飞动"（《论武宗元画》，明李晔《六砚斋笔记》引）。他深知诗歌比起绘画更擅长于描绘动态。正如德国文艺评论家莱辛所说："诗描绘物体，只通过运动去暗示""那就是化美为媚。媚就是在动态中的美"。④因此，苏轼描绘人物，很少作静态的呆板的刻画，多从人物的行为动作或其眉目顾盼、喜怒颦笑的瞬息变化中，显示其独特的性格、神采、心态。例如《赠狄崇班季子》：

狄生臂鹰来，见客不会揖。踞床咤得隽，借箸数禽入。短后掬豹裘，犹溅猩血湿。指呼索酒尝，快作长鲸吸。半酣论刀槊,怒发欲起立。北方老獝狨,狂突尚不縶。要须此慓悍,气压边烽急。夜走追锋车,生斩符离级。持归献天王,封侯稳可拾。何为走猎师,日使群毛泣。

诗一开篇,便写狄崇臂负苍鹰身着豹裘撞入门来,见客不揖,一个鲁莽粗犷、英武慓悍的勇士形象已跃然纸上。真是"劈头得胜气"之笔!继而,诗人写他踞床叱咤,借箸数禽,指呼索酒,豪饮鲸吸,酒酣论武,怒发欲立……这一连串行为、动作、神态的描写,笔笔跳脱生动,却又笔笔抓准了人物的外貌和内在性格特征,并揭示其无地用武、聊充猎手而愤懑不平的心态。显然,正是出色的动态描写,才使人物形象如此生龙活虎,豪气凛凛,逼人眉睫。

苏轼还喜欢并擅长借喻象写人。诗歌是最富于想象的文学体裁:"没有想象就没有诗。诗人的最重要的才能就是运用想象。"⑤因此,诗人塑造人物形象所选取的生活场景和细节不宜太实,不宜拘泥于生活的本来状态,而应当大胆地想象虚拟,使人物活起来,使诗情诗意腾飞起来。清人刘熙载说:"按实肖象易,凭虚构象难。"(《艺概·赋概》)苏轼写人,敢于迎难而上,发挥诗的特长,驰骋想象和联想,寻找新奇贴切的比喻,借喻象"凭虚构象",以虚写实,在夸张、变形中突出人物的性情风采。这是苏轼塑造人物形象的又一独到之处。

在苏轼诗中，以喻象写人的篇章精彩纷呈，情趣盎然。你看，他写诗翁欧阳修的潇洒风神："我怀汝阴六一老，眉宇秀发如春峦。羽衣鹤氅古仙伯，岌岌两柱抉霜纨。"（《欧阳晦夫遗接䍦琴枕，戏作此诗谢之》）写另一诗老梅尧臣的仕途蹭蹬："诗翁憔悴老一官，厌见苜蓿堆青盘。归来羞涩对妻子，自比鲇鱼缘竹竿。"（《梅圣俞诗集中有毛长官者今於潜令国华也……》）写诗僧惠勤的清超脱俗："轩轩青田鹤，郁郁在樊笼。既为物所縻，遂与吾辈同。今来始谢去，万事一笑空。"（《僧惠勤初罢僧职》）纪昀评此六句："取喻精警，语亦高浑。"（《纪批苏诗》卷十二）写密州同僚赵成伯喜吟好饮："赵子吟诗如泼水，一挥三百六十字……赵子饮酒如淋灰，一年十万八千杯。若不令君早入务，饮竭东海生黄埃。我衰临政多缪错，羡君精采如秋鹗。"（《赵郎中见和，戏复答之》）写辩才老禅师为其子苏迨摩顶治病："南北一山门，上下两天竺。中有老法师，瘦长如鹳鹄。不知修何行，碧眼照山谷。……我有长头儿，角颊峙犀玉。四岁不知行，抱负烦背腹。师来为摩顶，起走趁奔鹿。"（《赠上天竺辩才师》）比喻何等新奇精警！

苏轼更爱用喻象为自己传神写照，用得最多的是各种动物形象。请看:"我贫如饥鼠,长夜空咬啮。"(《孙莘老寄墨》)"我本不违世,而世与我殊。拙于林间鸠,懒于冰底鱼。"(《送岑著作》)"我本西湖一钓舟,意嫌高屋冷飕飕。"(《书双竹湛师房二首》其一)"君如老骥初遭络,我似枯桑不受条。"(《叶公秉、王仲至见和,次韵答之》)"我似老牛鞭不动,雨滑泥深四蹄重。汝如黄犊走却来,海阔山高百程送。"(《过于海舶,得迈寄书、酒……》)"君家蜂作窠,岁岁添漆汁。我身中穿鼻,卷舌聊自湿。"(《歧亭五首》其三)"我虽穷苦不如人,要亦自是民之一。形容虽似丧家狗,未肯耶耳争投骨。"(《次韵孔毅父久旱已而甚雨三首》其一)"时令具薪水,漫欲濯腰腹。陶匠不可求,盆斛何由足。老鸡卧粪土,振羽双瞑目。倦马骤风沙,奋鬣一喷玉。"(《次韵子由浴罢》)真是奇思妙喻,层出不穷,把自我形象描摹得神采奕奕,风趣横生。诚如清人施补华《岘佣说诗》所说:"人所不能比喻者,东坡能比喻,人所不能形容者,东坡能形容;比喻之后,再用比喻;形容之后,再加形容。"

诗是感情的跳跃。苏轼描写人物也善于利用诗歌跳跃性的特点,依照自己感情的流动变化,以跳脱腾挪、纵横驰骤的笔墨,打破生活本来的步调,超越时空的局限,把事件、场景、细节奇妙地融合、组接起来,从而省略一切不必要的描写,避免了拖泥带水,以精练的文字塑造出人物形象,又

留下许多"空白"给读者想象、联想和补充。例如《书林逋诗后》:

> 吴侬生长湖山曲,呼吸湖光饮山绿。不论世外隐君子,佣奴贩妇皆冰玉。先生可是绝俗人,神清骨冷无由俗。我不识君曾梦见,瞳子瞭然光可烛。遗篇妙字处处有,步绕西湖看不足。诗如东野不言寒,书似西台差少肉。平生高节已难继,将死微言犹可录。自言不作封禅书,更肯悲吟白头曲!我笑吴人不好事,好作祠堂傍修竹。不然配食水仙王,一盏寒泉荐秋菊!

诗人怀着无限倾慕之情,赞美宋初著名诗人林逋神清骨冷、高洁淡泊的隐士本色,形象地概括了林逋的一生。全诗采取大胆跳跃的抒写方式。开篇写秀色可餐的西湖山光水色和吴侬之佣儿贩妇皆如冰玉,对林逋形象作了饶有诗情画意的衬托。接着写林逋的神情、气质,忽又写梦,画出林逋的炯炯眼神。继之,写林逋诗书清奇瘦硬,却又用司马相如的故事作对照,写林逋一生不希宠求荣,不贪财好色。最后总揽一笔,颂扬林逋诗魂将同湖畔的水仙王一样千秋不朽,永远与修竹秋菊相伴。全诗每个画面、细节,都随着诗人思绪的起伏、感情的流动而迅速转换,可谓笔飞墨舞,把诗人的怀念、钦敬之情抒发得淋漓尽致,林逋的形象也得到多侧面多角度的表现。纪昀称赏此诗:"起手如未睹佛像,先现圆光。结得天矫。"(《纪批苏诗》卷二十五)也感觉到了此诗运笔龙跳虎跃、夭矫变幻的特色。再如苏轼逝世前写的《自题金山画像》:

心似已灰之木,身如不系之舟。问汝平生功业,黄州惠州儋州。

这是诗人用大写意手法勾勒出的一幅自画像。前两句以形象的比喻,表达自己一生漂泊不定,到晚年已形如槁木,心如死灰,达到了道家物我两忘的修养境界。后两句一问一答,以自我嘲讽戏谑的语调,抒写满腔怨愤。诗人别出心裁,把"黄州""惠州""儋州"三个地名焊接起来。这大幅度跳跃的写法,使这三个抽象的地名"活"了起来,成了包含丰富情思意蕴的象征性意象。在这三个意象之间,概括了诗人谪居生涯的广大空间和漫长时间,留下许多"空白",令读者尽情联想、品味,为诗人的不幸命运感慨唏嘘。

大胆的跳跃,使苏轼常常能够在一首诗中同时勾勒出几个人物形象,使他们在互相映照与烘托中突出各自的人格个性。试读《寄吴德仁兼简陈季常》:

东坡先生无一钱,十年家火烧凡铅。黄金可成河可塞,只有霜鬓无由玄。龙丘居士亦可怜,谈空说有夜不眠。忽闻河东狮子吼,拄杖落手心茫然。谁似濮阳公子贤,饮酒食肉自得仙。平生寓物不留物,在家学得忘家禅。门前罢亚十顷田,清溪绕屋花连天。溪堂醉卧呼不醒,落花如雪春风颠……

诗人以挥洒自如、跳脱流走的诗句,速写出东坡先生、龙丘居士、濮阳公子三个人物形象。诗的情调幽默风趣,人物主次分明,同中有异,彼此映衬,有如一幅三狂士图,与杜甫《饮中八仙歌》的写法同一机杼。

除以上几个主要特点外,苏轼为人物写真传神手法灵活多样,不拘一格。例如《於潜令刁同年野翁亭》:"山翁不出山,溪翁长在溪。不如野翁来往溪山间,上友麋鹿下凫鹥。问翁:'何所乐?三年不去烦推挤。'翁言:'此间亦有乐,非丝非竹非蛾眉。'山人醉后铁冠落,溪女笑时银栉低。我来观政问风谣,皆云:'吠犬足生氂。但恐此翁一旦舍此去,长使山人索寞溪女啼!'"写於潜县令刁铸政绩清明,喜爱山水,与民同乐,为百姓爱戴,主要运用活泼诙谐的问答对话。其艺术构思与情调,显然借鉴了欧阳修的散文名篇《醉翁亭记》。《司马君实独乐园》:"青山在屋上,流水在屋下,中有五亩园,花竹秀而野。花香袭杖履,竹色侵杯斝。樽酒乐余春,棋局消长夏。洛阳古多士,风俗犹尔雅。先生卧不出,冠盖倾洛社……"全诗主要以清幽秀丽的园林景色,衬托司马光风流儒雅的形象。《种德亭》颂扬处士王复热心行医,乐于助人,不谋私利。诗中仅"所活不可数,相逢旋相忘"两句正面着墨,写其高洁品德;其余全用侧笔,从宅舍环境和日常生活情景烘染。《和陶和胡西曹示顾贼曹》是诗人哀悼爱妾朝云之作。通篇借物写人,用长春花象征朝云的美德弱质,在苏轼的人物素描诗中独具一格。此外,苏轼还成功地把实写与虚拟,正面描写与侧面烘托,总体概括和局部细描相结合,使人物形象更真实可信,形象饱满。限于篇幅,不再细说。

还有一点却值得一提:苏轼的人物素描诗多有叙,或有较长的题目。诗人利用诗题与小叙简述人物的生平事迹,交代写作背景和意图,以便在诗中能集中笔墨,刻画人物形象和抒情言志。诗与题目、诗与小叙分工协作,宛如珠联璧合。

三

清人刘熙载说:"东坡长于趣。"(《艺概·诗概》)在苏轼的人物素描诗中,充满了令人解颐的谐趣,使人惊绝的奇趣和发人深省的理趣。这是诗人个性气质的自然流露,也是诗人自觉的艺术追求。

苏轼思想旷达通脱,襟怀开朗宽广,有一颗天真的赤子之心,有一个活泼好动、嬉闹跳跃的灵魂。他屡遭排挤打击,饱受艰难困苦,忠君报国的理想落空,扮演了一个政治悲剧的角色。但由于他一生坚持儒家以道义自任的无畏精神,又深受释道任性逍遥、随缘放旷思想的陶冶,故而能以了生死、轻得丧、忘宠辱的乐观旷达态度对待不幸的命运。他敢自嘲,也爱自嘲,在自嘲中化苦为乐,化悲为喜,化沉重为轻松。这样,他的很多自我写照的诗篇,常常是漫画式的,喜剧的,夸张的,充满了幽默诙谐情调。请看《纵笔三首》其一、其二:

> 寂寂东坡一病翁,白须萧散满霜风。小儿误喜朱颜在,一笑那知是酒红!
>
> 父老争看乌角巾,应缘曾现宰官身。溪边古路三叉口,独立斜阳数过人。

这组诗是元符二年(1099)底诗人在海南岛儋耳写的。前两年,诗人被贬至惠州时,曾作《纵笔》一首云:"白头萧散满霜风,小阁藤床寄病容。报道先生春睡美,道人轻打五更钟。"故作谐语,以萧散闲适笔调,抒其牢骚愤懑,因此触怒执政者章惇,遂再贬儋耳。而在这组诗中,诗人故意再用"白头萧散"句,仅改"头"为"须",可见其倔强个性。"小儿误喜"和"父老争看",更以诙谐风趣的喜剧性情境,画出自己头戴退闲官吏的乌角巾和贫病衰老的外貌、神态,可谓化愁为喜,破涕为笑。在自我调侃的诗句中,酸、甜、苦、辣、咸五味俱全。这两幅幽默的自画像,有绝妙的艺术效果。正如纪昀、王文诰所评:"叹老意如此出之,语妙天下""平淡之极,却有无限作用在内,未易以情景论也"(《苏轼诗集》卷四十二)。

苏轼的人物素描诗也富于奇趣和理趣。所谓"奇趣",就是一种不平凡的、新颖奇诡之趣。所谓"理趣",就是诗人力求在人物形象的性格与命运中,寄寓他对人生世态的底蕴和自然宇宙奥秘的深邃思考与独到体悟。苏轼说:"诗以奇趣为宗,反常合道为趣。"(《东坡题跋·评柳诗三则》)又说:"陶彭泽诗,初若散缓不收。反复不已,乃识其奇趣。"(《书唐氏六家书后》)他高度赞扬吴道子的人物画:"得自然之数,不差毫末,出新意于法度之中,寄妙理于豪放之外。"(《书吴道子画后》)"出新意""寄妙理",正是苏轼人物诗创作所要追求的艺术高境。

苏轼有一些描写神话传说中的人物故事的诗,饶有浪漫主义的奇情异想和奇姿壮采。例如《芙蓉城》写王子高梦中与仙女周瑶英游芙蓉城的传说故事,极富人神恋爱的神奇情趣。诗中刻画仙女的形象:"珠帘玉案翡翠屏,霞舒云卷千娉婷。中有一人长眉青,炯如微云淡疏星。往来三世空炼形,竟坐误读《黄庭经》。天门夜开飞爽灵,无复白日乘云辁。俗缘千劫磨不尽,翠被冷落凄余馨。"显然借鉴了白居易《长恨歌》中对身居海上仙山的杨玉环的容貌和心态的描绘。全篇写得似真似幻,恍惚迷离,颇有奇趣。另有一首《神女庙》,一反巫山神女的传统性爱主题,创造性地运用道家关于神女助大禹治水的神话,塑造了一个驱遣灵怪鬼神战胜洪水为人们造福的崭新女神形象:"……上帝降瑶姬,来处荆巫间。神仙岂在猛,玉座幽且闲。飘萧驾风驭,弭节朝天关。倏忽巡四方,不知道里艰。古妆具法服,邃殿罗烟鬟。百神自奔走,杂沓来趋班。云兴灵怪聚,云散鬼神还。茫茫夜潭静,皎皎秋月弯。还应摇玉佩,来听水潺潺。"此诗气魄雄伟,意象神奇,兼有阳刚与阴柔之美;从构思到表现,都富于浪漫色彩。纪昀云:"神女诗不作艳词,是本领过人处。"(《纪批苏诗》卷一)王文诰称:"剔出手法,以治水作骨。"(《苏轼诗集》卷一)汪师韩更赞曰:"徘徊神境,仿象仙踪,不袭用玉色颒颜,及望帷褰帱一切猥琐漫亵之语。"(《苏诗评选笺释》

卷一）都对此诗的新意奇趣作了高度评价。

但苏轼写得更多更动人的，还是现实生活中实有的奇人奇事。他在诗中刻画了世间罕见的长寿老人，身怀奇技绝艺的卖墨者、眼医、写真画家、得道高僧，等等，自然充满了奇趣。即使描写生活中平常习见的人和事，苏轼也能运用大胆新颖、出奇制胜的构思，云谲波诡、变幻莫测的笔法，并调动幻想、夸张、变形、渲染等艺术手段，使其笔下平凡的人物奇气岈兀。请看《送杨杰》：

> 天门夜上宾出日，万里红波半天赤。归来平地看跳丸，一点黄金铸秋橘。太华峰头作重九，天风吹滟黄花酒。浩歌驰下腰带鞓，醉舞崩崖一挥手。神游八极万缘虚，下视蚊雷隐污渠。大千一息八十返，笑历东海骑鲸鱼。三韩王子西求法，凿齿弥天两勍敌。过江风急浪如山，寄语舟人好看客。

据《宋史·文苑传》载，杨杰字次公，安徽无为人，故自号无为子，元丰中历官太常。元丰八年（1085），高丽王派遣其弟僧统来朝，求问佛法，并献经像。哲宗皇帝命杨杰陪同僧统游览钱塘。苏轼当年在赴知登州途中遇杨杰，作此诗相赠。全篇叙写杨杰昔日泰山华山之游和此次钱塘之行，所写人与事都很平常。不料诗人奇思异想，却如天风海雨，倏来倏往。诗中描绘杨杰夜上天门，恭候日出，平地归来，喜看跳丸；太华峰头，临风把盏；酒酣耳热，浩歌驰下；挥手起舞，石崖崩塌；神游八极，俯视人寰；笑历东海，骑鲸戏浪……这一连串虚拟、夸张的描写，有景有人，瑰丽奇谲，跌宕多姿，令人目眩神迷、肠回魄动，把杨杰超凡绝俗、飘逸奇伟的胸襟神态活现纸上，真是飘飘欲仙！

苏轼善于把他对于人生的穷达、顺逆、贵贱、荣辱、得失、悲喜、生死、短暂与永恒等问题的深刻思考，通过自我形象和其他性格各异的人物形象表达出来，使人物形象富于理趣，有思想深度，内蕴丰厚，耐人寻味。例如，上引《戏子由》诗里，诗人在身材高大、卓有气节的子由形象中，注入了"心有天游，则六凿难攘"的庄子哲学。《东坡》中，诗人勾勒出在月光下山石路上曳杖铿然踽踽独行的自我影像，使人从中感悟人生应不避坎坷奋然而前的哲理。《种德亭》诗不仅展现处士王复乐于助人的高洁情操，而且揭示出"德与佳木长""木老德亦熟"的闪光思想。再如《赠眼医王彦若》：

> 针头如麦芒，气出如车轴。间关脉络中，性命寄毛粟。而况清净眼，内景含天烛。琉璃贮沉滢，轻脆不任触。而子于其间，来往施锋镞。谈笑纷自若，观者颈为

缩。运针如运斤,去翳如拆屋。常疑子善幻,他技杂符祝。子言:"吾有道,此理君未瞩。形骸一尘垢,贵贱两草木。世人方重外,妄见瓦与玉。而我初不知,刺眼如刺肉。君看目与翳,是翳要非目。目翳苟二物,易分如麦菽。宁闻老农夫,去草更伤谷!鼻端有余地,肝胆分楚蜀。吾于五轮间,荡荡见空曲。如行九轨道,并驱无击毂。"空花谁开落,明月自朏朒。请问乐全堂,忘言老尊宿。

此诗为一位医道高妙入神的眼医画像。诗人生动细致地描写他在病人眼中大刀阔斧地往复施针,旁观者缩颈结舌、不寒而栗,他却谈笑自若,"去翳如拆屋"。诗的后半篇,记叙了这位神医的一番自白,其中蕴含着类似《庄子》的"庖丁解牛"和"轮扁斫轮"寓言故事的深邃哲理,对于一切求道学艺者都有普遍的指导意义。苏轼本人在《祭张子野》一文中指出诗歌创作应当"搜研物情,刮发幽翳"的命题,也许就得益于这位眼医之妙论。由于诗人不仅叙其医术之高明,更深探其医道之神妙,人物的精神境界升华了,焕发出一种哲人的风采,也显得合情合理,真实可信,足以拓人心胸,益人灵智。

在苏轼的一些人物素描诗中,谐趣、奇趣、理趣兼而有

之,融为一体。《戏子由》是一例,《泛颍》也很有代表性:

> 我性喜临水,得颍意甚奇。到官十日来,九日河之湄。吏民笑相语,使君老而痴。使君实不痴,流水有令姿。绕郡十余里,不驶亦不迟。上流直而清,下流曲而漪。画船俯明镜,笑问汝为谁?忽然生鳞甲,乱我须与眉。散为百东坡,顷刻复在兹。此岂水薄相,与我相娱嬉。声色与臭味,颠倒眩小儿。等是儿戏物,水中少磷缁。赵陈两欧阳,同参天人师。观妙各有得,共赋泛颍诗。

诗人泛舟颍水中,俯流自照,船上的东坡和映在水中的东坡互相致问;当风起波荡,水中的东坡须眉散乱,由一个变为无数个,顷刻间又恢复原状。诗人把平常的生活情景写得谐趣漫溢,奇趣横生。而在谐趣与奇趣中,又蕴含着诗人与自然交流契合,以及诗人与友人同参佛理而观妙各有所得的理趣。

谐趣、奇趣和理趣是苏轼的个性、才情、学养见识、审美情趣以及精神境界的显现。它们使苏轼笔下的人物形象具有鲜明独特的思想意蕴和艺术光彩,有诱人的魅力。这是苏轼为宋诗开拓出的新境界,也是苏轼在抒情诗中塑造人物形象的独创性所在。

以上，是笔者对苏轼在抒情诗中塑造人物形象的艺术的粗浅体会。应当指出，苏轼在诗中塑造人物形象也有败笔。有的祝寿诗和哀悼诗，纯属应酬文字，信手漫成，轻滑率易，虽写人物，却无形象；有些作品，以游戏之笔写人，而且津津乐道人物的风流逸事，思想浅俗，也失之油滑。苏轼写人，喜用古人古事比照，确有不少佳作能把典故点化为典象，用得自然精当。如《戏子由》，先后用《史记·孔子世家》《汉书·东方朔传》《史记·滑稽列传》《庄子·外物》以及杜甫、韩愈诗文的典故来形容或衬托子由的形象，笔笔妥帖入微，又能生发出新意。但也有为数甚多的作品，过于恃才逞巧，用事太繁太杂太僻，甚至句句用典，以典故代替生动具体的描绘，造成作品意蕴晦涩，感情空泛，人物面目模糊不清。还有一些作品，如《刘丑厮诗》，写行乞少年为父复仇惩罚暴徒，故事题材颇富传奇色彩，本应塑造出一个勇敢机智的少年英雄形象，但诗人未能提炼出生动的典型细节，写得草率，后半篇议论冗长乏味，人物形象没有活现出来，比类似题材的柳宗元散文《童区寄传》远为逊色。

---

① 参见游国恩等主编《中国文学史》第四编第二章，中国社科院文学所编写《中国文学史》第二册第三章。后书称李颀这类诗为"人物素描诗"。

② 《苏东坡传》，林语堂著，宋碧云译，台北远景出版公司出版，第一章，第3页。
③ 本文所引苏轼诗，均出自清王文诰辑注、今人孔凡礼点校《苏轼诗集》，中华书局1982年版。
④ 莱辛《拉奥孔》，朱光潜译，人民文学出版社1979年版，第173、121页。
⑤ 艾青《和诗歌爱好者谈诗》，王郊天等编《新诗创作艺术谈》，江苏人民出版社1982年版，第145页。

第九讲

论东坡词写景造境的艺术

词从晚唐五代发展到了北宋，越来越多的词人将审美的目光从绮楼宴饮、院落笙歌移注于大自然的山水风物。①其中最突出的，是才华横溢、诗词兼擅的苏轼。青年苏轼扬名诗坛的最早一批作品，大部分是山水记游诗。而他在中年通判杭州时期初试词笔，就把西湖旖旎的波光月色、钱塘八月卷霜雪的怒潮、七里濑如画屏般的青山碧溪都收摄于他的小令或长调之中。在苏轼词里，通篇或一半篇幅描写自然风光的作品占三分之一以上。写景词有这样大的比重，居北宋词人之首位。然而，有关苏轼山水诗的论著早已大量问世，迄今却未见一篇专门研究东坡写景词的。为此，笔者撰写此文，试对东坡词写景造境的艺术作一些探讨。

一

我们先探讨东坡词的写景艺术。

景有大景，有小景，有大景中小景，也有小景中反映或暗示出的大景。苏轼胸襟宽广、视野开阔，精神境界超逸高旷，其个性与心理是外向的、开放的。因此他喜爱生机勃勃、气象万千的大自然，不满人工雕饰、寒窘狭窄的小池假山。"曲栏幽榭终寒窘，一看郊原浩荡春。"（《正月二十一日病后，述古邀往城外寻春》）这一联诗，正是苏轼对自己爱好广阔大自然的审美情趣的形象写照。东坡在词中特别喜爱表现凭高远眺所见的大景。请看："城上层楼叠巘，城下清淮古汴。举手揖吴云，人与暮天俱远。"（《如梦令·题淮山楼》）"湖山信是东南美，一望弥千里。"（《虞美人·有美堂赠述古》）"试上超然台上看，半壕春水一城花，烟雨暗千家。"（《望江南·超然台作》）"北望平川，野水荒湾。共寻春，飞步孱颜。"（《行香子·与泗守过南山晚归作》）"四面垂杨十里荷，问云何处最花多，画楼南畔夕阳过。"（《浣溪沙》）"清颍东流，愁来送，征鸿去翮。情乱处，青山白浪，万重千叠。"（《满江红·怀子由作》）"银涛无际卷蓬瀛，落霞明，暮云平。曾见青鸾，紫凤下层城。"（《江城子》）这种大处落墨的高远景色，在东坡词中触目皆是。宋人胡寅《向子諲酒边词序》赞赏东坡词"使人登高望远，举首高歌，而逸怀浩气，超然乎尘垢之外"，是就其词的格调、气象和意境而言，自然也包括了东坡词善写阔大高远景色的艺术特点。

东坡词也写小景，但总是把小景和大景结合起来，或写大景中的小景，或使小景和大景交织穿插，或"以小景传大景之神"（王夫之《薑斋诗话》卷二）。例如《蝶恋花》词上片写晚春景色，首句"花褪残红青杏小"是一个特写的小景镜头；紧接着"燕子飞时，绿水人家绕"二句，镜头拉开，展现燕子在晴空低飞，绿水于人家墙院外环绕的大景。继之，"枝上柳绵吹又少"又是对景物的细致刻画；然而下句"天涯何处无芳草"，词人的视野又拓展到天涯海角，把无边无际的萋萋芳草送到读者眼前。小景与大景、近景与远景的交相穿插，使词中这幅郊野春景既生动真切，又开阔多变。又如《南乡子》开篇"晚景落琼杯，照眼云山翠作堆"二句，借一只小小酒杯，竟收纳了满天夕照、云山堆翠的大景。《木兰花令·次欧公西湖韵》首句"霜馀已失长淮阔"，写眼前所见霜降后淮水枯瘦之景，却又虚点出昔日长淮之"阔"，并以"霜馀"二字暗示天宇之高、眼界之宽。《洞仙歌》（冰肌玉骨）下片"起来携素手，庭户无声，时见疏星渡河汉"三句，近人顾随先生赞赏说，"写出夏之大，夜之静"，并认为与《楚辞》之"滔滔孟夏"和唐人之"薰风自南来，殿阁生微凉"的"大处见大"与"大处见小"相比较，"老坡此处，乃是小处见大"。②以上数例，可见东坡善写大景，亦善于"以小景传大景之神"，大开大阖，笔法夭矫。

第九讲　论东坡词写景造境的艺术　| *181*

景有静景，有动景，有静中之动，也有动中之静。苏轼的自然观是主张万物俱动。他在《策略》(一)、《御试制科策》《天庆观乳泉赋》《净因院画记》等文中都阐述了这一观点。因此，他强调诗人应以"空静"的心境反映大自然的运动变化："欲令诗语妙，无厌空且静。静故了群动，空故纳万境。"(《送参寥师》)苏诗中描写自然景物变幻多端的动态最为出色，苏词亦然。试读《八声甘州·寄参寥子》开篇：

有情风、万里卷潮来，无情送潮归。

万里风潮如突兀雪山，卷地而来，汹涌澎湃。这种动态，有一股奔腾迅疾的飞动气势，正是日本遍照金刚在《文镜秘府论》中称道的"词若飞腾而动"的"飞动体"。清代郑文焯《手批东坡乐府》评赞此词说："真似钱塘江上看潮时，添得此老胸中数万甲兵，是何气象雄且杰！"再看千古传唱的《念奴娇·赤壁怀古》中的赤壁景色：

乱石崩云，惊涛裂岸，卷起千堆雪。

写乱石、惊涛、雪浪的动态，笔势飞动，大气磅礴，境界雄丽奇险，令人惊心骇目！又如《南乡子》(晚景落琼杯)写他在黄州临皋亭上所见的大江景色，全篇由晴写到雨，再写到雨后半阴半晴，景色变幻多端，与其七绝诗名篇《六月二十七日望湖楼醉书五首》（其一）差可媲美。

东坡也写静景，却擅于以动衬静，以声显寂。《永遇乐·彭城夜宿燕子楼》上片："明月如霜，好风如水，清景无限。曲港跳鱼，圆荷泻露，寂寞无人见。紞如三鼓，铿然一叶，黯黯梦云惊断。夜茫茫，重寻无处，觉来小园行遍。"其中"曲港"二句写月下鱼跳露泻，以细微的动态声息反衬静景。"紞如"三句，写鼓声响亮，桐叶落地亦如金石铿然，惊断梦云。作者敏锐地捕捉住静夜中对声响的独特感受，并形容得多么新警！景物动则活，不动则死。东坡善于以动衬静，以声显寂，他笔下的静境绝非枯槁死寂，而是洋溢着一派生机意趣。

景有实景，有虚景，有实中见虚之景，又有虚中见实之景。所谓实景，即用白描写实手法逼真地描绘出的景象；虚景则是诗人调动想象、联想、幻想，运用比喻、暗示、象征、夸张、拟人等手法虚化而出的景象。宋人惠洪《冷斋夜话》卷四说："诗者，妙观逸想之所寓也""东坡妙观逸想"。东坡感情热烈奔放，想象丰富，幻想新奇大胆。他对于山水自然风物常常不局限于如实地感受，而是更多地浮想联翩，由实入虚或化实为虚，创造出"妙造自然"的新奇景物意象。

如《满江红·寄鄂州朱使君寿昌》开篇六句："江汉西来，高楼下，蒲萄深碧。犹自带，岷峨雪浪，锦江春色。"从高楼下实景"蒲萄深碧"，引出灵视中所见的虚景"岷峨雪浪，锦江春色"，这就拓展了词境，又带出思念故乡的深情。"蒲萄深碧"比喻江水如葡萄酒般深绿，又是虚拟的喻象。苏轼善于比喻。苏诗中的景物喻象新鲜奇妙，饮誉诗坛。同样，苏词中的景物喻象也是纷至沓来，耸动读者耳目。例如："北固山前三面水，碧琼梳拥青螺髻。"（《蝶恋花·京口得乡书》）用"碧琼梳"比喻江水，"青螺髻"形容北固山的峰峦。这两个虚拟的喻象多么贴切、优美。又如："夜阑风静欲归时，惟有一江明月碧琉璃。"（《虞美人·有美堂赠述古》）用"碧琉璃"比喻月光照射下碧绿澄澈的江水，美得令人心醉。"双龙对起，白甲苍髯烟雨里。"（《减字木兰花》）先用"双龙对起"比喻两株古松，表现出拔地百尺、突兀凌云之势。龙有鳞甲和髯，故而作者再从喻体出发，分别用"白甲""苍髯"比喻松皮与松叶。先用借喻，再用曲喻，真是妙想联珠。东坡词中还有不少亦实亦虚、带有隐喻或象征意味的自然景物意象。如《江城子·湖上与张先同赋，时闻弹筝》上片："凤凰山下雨初晴，水风清，晚霞明。一朵芙蕖，开过尚盈盈。何处飞来双白鹭？如有意，慕娉婷。"起三句白描实写西湖上雨后初晴，水风清凉，晚霞明丽。"一朵"二句，明写湖上荷花盛开,是实景;却又以荷花轻盈柔美之姿态,暗喻弹筝女子;"何处"三句,写一双白鹭翩翩飞来,爱慕娉婷荷花,又借以暗喻舟中属意弹筝女子的游客。苏轼以其逸观妙想创构出这些亦实亦虚的复合意象,最能诱发读者诗意的想象和联想,加深词的意蕴。清人刘熙载《艺概·赋概》说:"按实肖象易,凭虚构象难。能构象,象乃生生不穷矣。"苏轼在写景词中擅长"凭虚构象",表明他确是宋代词人中的一位写景传神、触处生春的圣手。

写景有疏笔、密笔,有淡笔、浓笔,有意笔、工笔。苏轼在词中写景,有浓彩重墨、绚烂瑰丽的,如:"红杏飘香,柳含烟翠拖轻缕。水边朱户,门掩黄昏雨"(《点绛唇》),"我梦扁舟浮震泽,雪浪摇空千顷白。觉来满眼是庐山,倚天无数开青壁"(《归朝欢》)。但一般以疏淡写意之笔为主,适当地掺合浓密或工细之笔。试以《鹧鸪天》为例:"林断山明竹隐墙,乱蝉衰草小池塘。翻空白鸟时时见,照水红蕖细细香。 村舍外,古城旁,杖藜徐步转斜阳。殷勤昨夜三更雨,又得浮生一日凉。"上片开头两句,写了林、山、竹、墙、蝉、草、池塘等七种景物,是一幅静景,意象密集,只用淡墨写意手法略加勾勒。三、四句改写动景,但只写了飞鸟与荷花,意象疏朗,却用"白""红"染鸟荷之色彩,又分别以"翻空""时时"状鸟之姿态,"照水""细细"状荷之倒影与幽香，显然运用了工细之笔。这样，动与静、疏与密、淡与浓、写意与工笔互相渗融，互相调节，画面丰富多彩，爽心悦目。

苏轼是宋代提倡水墨写意的湖州派文人画家，擅长写竹石、兰菊、枯木、寒林，也欣赏墨晕神奇的写意山水画，称赞王维"画山川峰麓，自成变态。虽萧然有出尘之姿，然颇以云物间之，作浮云杳霭与孤鸿落照灭没于江天之外，举世宗之"（《跋汉杰画山》）。他还写了"风流文采磨不尽，水墨自与诗争妍""缥缈营丘水墨仙，浮空出没有无间""天公水墨自奇绝，瘦竹枯松写残月"等诗句，热情赞美水墨写意画的奇妙。他在山水诗中喜爱表现烟雨苍苍、云雾蒙蒙、若隐若现、似有似无的景致，如"黑云翻墨未遮山，白雨跳珠乱入船"（《六月二十七日望湖楼醉书》），"水光潋滟晴方好，山色空濛雨亦奇"（《饮湖上初晴后雨》），"长淮忽迷天远近，故人久立烟苍茫"（《出颍口初见淮山，是日至寿州》），"朝来白雾如细雨，南山不见千寻刹"（《九日黄楼作》）等，都是具有水墨写意画韵味的诗句。在东坡的写景词中，也表现出清润空蒙、恍惚朦胧的水墨写意画神韵。请读《望江南·超然台作》上片："春未老，风细柳斜斜。试上超然台上看，半壕春水一城花，烟雨暗千家。"再看《浣溪沙》上片："覆块青青麦未苏，江南云叶暗随车，临皋烟景世间无。"又如《江城子》上片:"黄昏犹是雨纤纤,晓开帘,欲平檐,江阔云低,无处认青帘。"宛然一轴轴水墨淋漓的米家云山烟雨图。而《水调歌头·黄州快哉亭赠张偓佺》则兼有水墨与青绿山水画的韵味:

> 落日绣帘卷,亭下水连空。知君为我新作,窗户湿青红。长记平山堂上,欹枕江南烟雨,杳杳没孤鸿。认得醉翁语,山色有无中。　一千顷,都镜净,倒碧峰。忽然浪起,掀舞一叶白头翁。堪笑兰台公子,未解庄生天籁,刚道有雌雄。一点浩然气,千里快哉风。

上片以"雨"为词眼,从落日绣帘、青窗朱户和亭下水天相连的绮丽景色,写到记忆中平山堂的江南烟雨、孤鸿灭没、山色有无的空濛画面。下片则以"风"为缁毂,先写江面风平浪静,犹如明镜,碧峰倒映;再写风起浪涌,白发老人驾一叶扁舟,在风浪中出没。全篇静景与动景、实景与虚景、水墨与丹青反复转换,词境亦如翻云覆雨,层波叠浪,变幻莫测。

苏轼深知,客观大自然是千姿万态、变幻无穷的。正是基于这样的认识,他明确地提出了在诗歌与绘画中表现自然美的艺术标准:"山水以清雄奇富,变态无穷为难。"(《跋蒲传正燕公山水》)"烟云风雨,必曲尽真态,合于天造,厌于人意，而形理两存。"(《书竹石后》)显然，如果诗人和画家只能以单一的笔法描绘单一的景象形成单一的风格，是绝对无法表现出"清雄奇富、变态无穷"的自然景象，无法创造出"合于天造、厌于人意""形理两存"即形神兼备的自然景物意象的。因此，苏轼在词中写景，总是辩证地将大与小、动与静、虚与实、淡与浓、疏与密、写意与工笔、水墨与丹青这些本来对立的景象、手法、风格互相渗融，互相调节，取长补短或扬长避短，正是为了适应表现气象万千的大自然的要求。而他在词中所创造出的自然山水景物意象，曲尽真态，形神兼备，大大地超越了前辈的和同时代的词人。苏轼的确是大自然的知音，也是艺术辩证法的大师。

还有一点也不应当忽视，即为了曲尽自然景物真态，创造形神兼备的景物意象，苏轼非常重视写景语言的锤炼和创新。他精心选择和提炼作为句子之眼或一篇之眼的动词，妙写景物动态，使其生动活泼，活灵活现。同时，他又很注意选择和提炼形容词、副词，细致微妙地描摹景物的状态。例如，前文所引"林断山明竹隐墙"句，"断""明""隐"三字，将林、山、竹、墙的形态及其相互关系表现得非常准确、生动，画出了一幅有高低、远近、疏密、隐显、明暗的山村风景。又如写赤壁江山的几句，动词"崩""裂""卷"，形容词"乱""惊"，副词"千堆"，都是精心锤炼而出的。它们紧密配合，从不同角度并诉诸不同感觉，活现出赤壁江山雄奇壮险的特征，可谓"状难写之景如在目前"。又如《浣溪沙》中的"淡烟疏柳媚晴滩"句，用"淡""疏""晴"三个形容词作定语来描摹"烟""柳""滩"，已十分生动妥帖；而作为句眼的动词"媚"字，更是眼光四射，照映前后，把三个片景连成一幅优美图画，表现出春天阳光的明媚温煦，又传达出词人欢快的心情。他如农村组词《浣溪沙》中的"簌簌衣巾落枣花"，用象声叠字"簌簌"摹拟初夏麦熟时节枣花飘落的细微声息；"日暖桑麻光似泼，风来蒿艾气如薰"，用"泼"字形容桑麻叶子在日光照射下像泼了水似的明亮润泽，用"薰"字比喻蒿艾的气味如薰香那样浓烈、好闻，无不新警、隽妙。这些写景语言，达到了清代刘熙载所说"极炼如不炼，出色而本色，人籁悉归天籁"(《艺概·词曲概》)的高境。用苏轼自己的话来形容，正是："新诗如玉屑，出语便清警。"(《送参寥师》)

二

上面，我们探讨了东坡词写景的艺术特色和艺术成就。但诗人词人写景，不仅是要活现客观自然山水风光之美，更要抒写主观的思想感情，从而创造出情景交融的艺术意境。

明代朱承爵《存余堂诗话》说："作诗之妙，全在意境融彻，出音声之外，乃得真味。"词亦如是。近代王国维《人间词话》云："文学之事，其内足以摅己而外足以感人者，意与境二者而已。上焉者意与境浑，其次，或以境胜，或以意胜。苟缺其一，不足以言文学。……文学之工与不工，亦视其意境之有无与深浅而已。"又云："古今词人格调之高，无如白石，惜不于意境上用力，故觉无言外之味，弦外之响，终不能与第一流之作者也。"王氏批评姜夔不在意境上用力，并不切合实际，但他把意境之有无与深浅作为衡量词的艺术成就高低的一个重要标准，并认为只有创造出浑融的有言外之味的意境，才有可能称为第一流作家。这是对中国古典诗词艺术特征的高度理论概括。

作为中国词史上的第一流作家，苏轼在他的词中创造了许多高远、深邃的艺术意境，这是古今公认的。我们既然讨论了苏轼词的写景艺术，就应进一步探讨苏轼处理情和景的关系时创造意境的艺术，以及其词艺术意境的独特风格与魅力。中国古典诗词在情和景的关系中创造意境的方法，大致有三种：一是触景生情，二是情寓景中，三是移情于景。在东坡词中，用这三种方法创造意境，都有名篇佳作。例如，熙宁七年作于赴密州途中的《沁园春》，即是运用第一种方法创造意境的佳构。词的开篇描绘早行景色："孤馆灯青，野店鸡号，旅枕梦残。渐月华收练，晨霜耿耿；云山摘锦，朝露团团。"这凄凉的秋色、冷冽的氛围以及景物的变幻，自然地触发作者"世路无穷、劳生有限"的感喟，并勾起他对为功名事业奋斗的往事的回忆。全篇从写景引出抒情、叙事和议论，表达自己的政治理想抱负。作为东坡早期词作，确实出手不凡。他以触景生情方法创造出的艺术意境，其意蕴的高度与深度，已为当时一般词人的作品难以企及。写于被贬黄州期间的《念奴娇·赤壁怀古》，更是即景抒情的千古绝唱。此词磅礴的气概、宏大的时空意识以及超旷的精神境界，可谓前无古人，并足以雄视百代。

东坡在词中运用触景生情方法，并非只是由景入情、先景后情，而更多是采取情语和景语交织穿插的写法，使景生情，情生景，相摩相荡，相间相融。如《虞美人·有美堂赠述古》："湖山信是东南美，一望弥千里。使君能得几回来？便使尊前醉倒更徘徊。　沙河塘里灯初上，水调谁家唱？夜阑风静欲归时，惟有一江明月碧琉璃。"开篇大处落墨写景，接着揽景兴怀，以"醉倒""徘徊"的人物动作细节生动地表现离者对故地的眷恋深情。过片以繁灯初上、悲歌荡漾映衬离思，结以"一江明月碧琉璃"之美景。词中情景交织，层递表现，波澜叠出。又如《临江仙·送李公恕》："自古相从休务日，何妨低唱微吟。天垂云重作春阴。坐中人半醉，帘外雪将深。　　闻道分司狂御史，紫云无路追寻。凄风寒雨更骎骎。问囚长损气，见鹤忽惊心。"却是以抒情议论之笔开篇，又以抒情叙事收结，中间以景色衬托、烘染人物的感情。正如清代刘熙载所说："词或前景后情，或前情后景，或情景齐到，相间相融，各有其妙。"（《艺概·词曲概》）

这种情景相生的表现方式，在东坡词中既有正衬，即乐景写乐情，哀景衬哀情。如上举《临江仙·送李公恕赴阙》，上片以天垂云重的阴暗春景衬托离愁别绪，下片用"凄风寒雨"的景色氛围触引对囚犯的同情。又有反衬，即清代王夫之所说"以乐景写哀，以哀景写乐，一倍增其哀乐"（《薑斋诗话》卷一）。如上引《虞美人·有美堂赠述古》，词中有意渲染杭州湖山水月交辉之美景，正是为了更有力地反衬与友人离别的哀伤。这是以乐景写哀。也有以哀景写乐的，如《江城子·大雪，有怀朱康叔》，词中描绘黄昏细雨，拂晓积雪，以及"江阔天低无处认青帘"的迷茫、阴冷景色，却使读者加倍感受到作者同友人聚会的欢乐和友情的温暖。一般来说，情和景应求其协调和谐，"情喜愉则景宜于风和日丽，情凄苦则景宜于月冷云愁"。③而用深透一层的反衬法，表情更有力度，感染力也更强烈，但艺术表现难度较大，处理不当便产生情景乖离，不成意境。其中的关键是要有真情、深情，也要有艺术表现力，才能左右逢源，无臻不妙。苏轼在词中用情景反衬法尤多，用得灵活自如，显示出其真率自然之情怀和不同凡响的艺术本领。

在东坡词中，也有不少通篇写景、寓情于景之作。如《南歌子·湖州作》："山雨萧萧过，溪风浏浏清。小园幽榭枕蘋蘋汀，门外月华如水彩舟横。　苔岸霜花尽，江湖雪阵平。两山遥指海门青，回首水云何处觅孤城。"元丰二年五月，作者送友人刘攽赴余姚，饯别于湖州钱氏园，作此词。上片写雨后小园风清月朗，彩舟自横；下片写溪上苔花飘尽，钱江潮平浪静，海门山色青青。全篇皆景，无一叙事抒情之句，却在写景中暗叙出此夜与友人赏景话别，又设想明日友人乘舟而去的旅程。景色画面上渗透了惜别眷念的深情厚谊。这种完全通过写景来叙事抒情的写法，构思巧妙，笔墨精练，意境含蓄蕴藉。

苏轼在词中创造意境用得更多更有个性特色的，是移情于景的方法，把主观的思想感情移注到客观自然景物上去，使它们人格化。《满江红·正月十三日雪中送文安国还朝》，开篇就是："天岂无情，天也解、多情留客。春向暖，朝来底事，尚飘轻雪？"明明是作者自己对友人眷恋不舍，却说是老天多情，有意飘下春雪挽留客人。又如《南乡子·送述古》描写亭亭耸立的临平山上塔"迎客西来送客行"。《定风波·送元素》用"西湖总是断肠声"曲折表达友人离杭后自己的深深哀伤。《南歌子》(雨暗初疑夜)用"多情流水伴人行"表达自己在湖州沿溪驱马漫游的惬意。《临江仙·惠州改前韵》煞尾"水光都眼净,山色总眉愁"以人格化的山水抒写自己的愁绪。苏轼得心应手地运用这种方法创造意境,使抽象的情感表现得格外强烈、形象和感人。王国维在《人间词话》中把意境分为"有我之境"和"无我之境",东坡词的意境更多属于王氏所说"以我观物,故物皆著我之色彩"的"有我之境"。

在东坡词的许多情景交融的艺术意境中,经常活跃着词人的自我形象和各种各样的人物形象。例如,那一组写于徐州的《浣溪沙》农村词,展现出一幅幅洋溢着浓郁乡村生活气息的风景画和风俗画,画面上有阳光照彻的石潭,绿荫绵延的村庄,乌鸢翔舞的神社,软草平沙洁净无尘的道路……就在这富有农家特色的景物环境中,作者信笔点染出生气勃勃的采桑姑、黄童白叟、挑担卖瓜人、柔声娇语的缫丝娘等人物形象。其中,"太守"即词人自我形象特别生动鲜明、有血有肉、情趣横生。我们看到:他不辞劳苦带领村民在山谷石潭举行谢雨仪式,在村路上同拄杖的醉叟无拘无束地攀谈,敲开村野农家柴门讨茶喝,还看到他亲切豪爽地让红妆茜裙的天真少女们拥挤在篱笆门前争睹他的风采。苏轼在词中把自我形象同农村的人物和风物如此真切地融合起来描绘,在词史上是一个了不起的开拓和创新。又如写于黄州的另一组《浣溪沙》词,既展现出"半夜银山上积苏,朝来九陌带随车,涛江烟渚一时无"的壮丽雪景,又描绘了作者当时"空腹有诗衣有结,湿薪如桂米如珠"的穷困生活境况。而就在这样的景色环境氛围中,突现出词人"归来冰颗乱粘须""清香细细嚼梅须""冻吟谁伴捻髭须"一连串特写镜头,须眉毕现,神态宛然,活画出词人开朗、幽默、超旷的性格。至于刻画其他人物形象的佳作,有《洞仙歌》,写后蜀国王妃花蕊夫人。上片描绘"水殿风来暗香满""绣帘开,一点明月窥人"的明净幽雅景色,映衬她的"冰肌玉骨""清凉无汗""欹枕钗横鬓乱"的美丽娇慵。下片再以庭户岑寂、月淡星稀之景,烘托她对华年易逝的忧伤。人物的形与神、动作与心态,都借助自然景物环境的衬托曲曲传出,跃然纸上。又如《满庭芳》(三十三年,今谁存者)颂扬一位弃官黄州的王先生。上片"凛然苍桧,霜干苦难双。闻道司州古县,云溪上,竹坞松窗"几个景句,表现此人居住环境的高雅简朴,暗示他的傲岸性格。下片"㧑㧑,疏雨过,风林舞破,烟盖云幢"数句,又在表现山林风雨烟霞的动荡变幻中,渲染出此人翩然乘车而至的潇洒风神。全词景中写人,人景互映,二者俱活。郑文焯《手批东坡乐府》赞扬东坡《水调歌头》(落日绣帘卷)下片:"妙能写景中人,用生出无限情思。"这"妙能写景中

第九讲　论东坡词写景造境的艺术　｜ 195

人"正是东坡写景词意境的一个艺术特色。

苏轼作为一位大作家、大手笔,其词如其诗一样有多种意境和风调。既有清雄、峭拔、奇逸、豪放之作,也有明丽、隽秀、柔婉、幽怨之篇,兼具"大江东去"的壮美和"梅雪飘裙"的优美。他的写景词在意境创造上,最有开创性也最具鲜明个性的艺术风格特色,我以为是"雄奇""空灵""深睿"。下面分别论析之。

"雄奇",就是雄放、警拔、奇妙。这是东坡大力提倡的风格。他在《与陈季常书》中说:"又惠新词,句句警拔,诗人之雄,非小词也。""近日新阕甚多,篇篇皆奇"。《题瑶池燕》云:"此曲奇妙。"《与章质夫书》谓:"柳花词绝妙。"他的一些词篇以雄健劲拔之笔,写动荡奇伟之景,抒慷慨磊落之情,笔酣墨饱,气象恢弘。如《清平乐》(清淮浊汴)、《满江红》(江汉西来)、《水调歌头》(落日绣帘卷)、《八声甘州》(有情风、万里卷潮来)、《念奴娇》(大江东去)等篇,都是大笔挥洒、逸兴遄飞、意境雄丽旷放之作。为了创造雄奇之境,东坡更驰骋大胆、奇谲、超越时空的想象和幻想,把历史传说、神话故事同现实的情景糅合起来,如《满庭芳》:"归去来兮,清溪无底,上有千仞嵯峨。画楼东畔,天远夕阳多。老去君恩未报,空回首、弹铗悲歌。船头转,长风万里,归马驻平坡。 无何。何处有,银潢尽处,天女停梭。

问何事人间,久戏风波?顾谓同来稚子:应烂汝、腰下长柯!青衫破,群仙笑我,千缕挂烟蓑。"词一开篇便以瑰丽的想象和大胆的夸张描绘阳羡(常州)美景,接着借冯谖弹铗的典故,表达感激朝廷允其居住常州之意,又抒写自己欲乘万里长风归去。下片更飞驰幻想,升入天宇,在银河岸与停梭迎客的仙女对话,寄托他旷达飘逸情怀。又如《鹊桥仙·七夕送陈令举》:"缑山仙子,高情云渺,不学痴牛骏女。凤箫声断月明中,举手谢时人欲去。 客槎曾犯,银河波浪,尚带天风海雨。相逢一醉是前缘,风雨散、飘然何处?"此词想落天外,用王子乔超凡归仙和天河牛女的神话故事来表现他与友人月夜泛舟的情景。陆游评此词:"昔人作七夕诗,率不免有珠栊绮梳惜别之意;惟东坡此篇,居然是星汉上语,歌之曲终,觉天风海雨逼人。"(《跋东坡七夕词后》)热烈赞赏此词奇丽、飘逸的浪漫境界。再如元丰七年东坡在金陵送别王胜之时写的《渔家傲》,下片写王氏去留金陵情事:"公驾风车凌彩雾,红鸾骖乘青鸾驭。却讶此洲名白鹭。非吾侣,翩然欲下还飞去。"借白鹭洲之景引发奇思异想,写王氏乘鸾飞天,俯瞰人寰。在这幅色彩缤纷、神奇瑰丽的幻想图画中,既表现王氏卓异不凡之态,又抒写自己飘飘欲仙之思。下面二首,写幻境、梦境更令人耳目一新:

凭高眺远，见长空，万里云无留迹。桂魄飞来，光射处，冷浸一天秋碧。玉宇琼楼，乘鸾来去，人在清凉国。江山如画，望中烟树历历。　我醉拍手狂歌，举杯邀月，对影成三客。起舞徘徊风露下，今夕不知何夕？便欲乘风，翻然归去，何用骑鹏翼！水晶宫里，一声吹断横笛。（《念奴娇·中秋》）

小舟横截春江，卧看翠壁红楼起。云间笑语，使君高会，佳人半醉。危柱哀弦，艳歌余响，绕云萦水。念故人老大，风流未减，空回首，烟波里。　推枕惘然不见，但空江、月明千里。五湖闻道，扁舟归去，仍携西子。云梦南州，武昌东岸，昔游应记。料多情梦里，端来见我，也参差是。（《水龙吟》）

前一首写中秋夜凭高远眺，见月色清凉，水天明澈。接着写月宫中的琼楼玉宇，仙人乘鸾来去。换头写自己学李白醉酒狂歌，畅想遨游月宫。全篇意境奇丽飘逸，光明莹洁。后一首选用翠壁、红楼、春江、白云、哀弦、艳歌、烟波等意象，把梦境编织得色彩绚烂又惝恍迷离。过片处点化李白《梦游天姥吟留别》诗意，以空明浩渺的江月景色，衬托梦醒后惘然若失之情思。郑文焯《手批东坡乐府》评赞说："上阕全写梦境，空灵中杂以凄丽。过片始言情，有沧波浩渺之致。真高格也。"

由于苏轼在北宋词坛上开辟出这一种雄放奇丽、仙气缥缈的山水风月新意境，历代词论家媲之为李白的浪漫歌诗，以仙品、逸品目之。刘熙载云，"东坡词具神仙之姿""雄姿逸气，高轶古人""其豪放之致，则时与太白为近"（《艺概·词曲概》）。王鹏运《半塘遗稿》曰："苏文忠公之清雄夐乎轶尘绝迹，令人无从步趋。词家'苏辛'并称，其实辛犹人境也，苏其殆仙乎！"苏轼这种清雄奇逸的意境风格，确实继承和发扬从屈原《离骚》到李白诗歌的浪漫主义艺术传统，在宋代词坛上独辟新径，放射出令人神往的奇光异彩。王国维《人间词话》说："有造境，有写境，此理想与写实二派之所由分。然二者颇难分别。因大诗人所造之境，必合乎自然，所写之境，亦必邻于理想故也。"东坡词此类雄奇之境，正属王氏所云之"造境"。北宋词人大多缺乏超越时空的想象力和幻想力，一般只能"写境"而不能"造境"。东坡兼擅"写境""造境"。仅此一端，即远胜时人。

"空灵"，是东坡词境的另一艺术特点。清人楼思敬《词林纪事》说苏轼具"灵气仙才"。苏轼以其灵气仙才，既扇雄奇之风，又创空灵之境。所谓空灵，即清空灵动。其表现是：笔墨疏淡，多留空白，意象虚化，气机流走，境界清虚，不著迹象，韵致飘逸。历代词论家对东坡词的"空灵妙境"颇多共识：清代先著、程洪《词洁》卷五赞东坡《永遇乐》（明月如霜）如"野云孤飞，去留无迹"；冯煦《宋六十一家词选例言》引刘熙载语，说读东坡词"尤觉空灵蕴藉"；陈廷焯《白雨斋词话》说"东坡词寓意高远，运笔空灵"。郑文焯《手批东坡乐府》云："读东坡先生词，于气韵格律，并有悟到空灵妙境。"陈匪石《声执》卷下说："盖空灵变幻，不可捉摸，以东坡为至极。"夏敬观《手批东坡词》曰："东坡词如春花散空，不著迹象。"上举《念奴娇·中秋》《水龙吟》（小舟横截春江），前人已指出在雄奇、凄丽中亦见空灵。《西江月》更是一首意境空灵之作：

照野瀰瀰浅浪，横空隐隐层霄。障泥未解玉骢骄，我欲醉眠芳草。　可惜一溪风月，莫教踏碎琼瑶。解鞍欹枕绿杨桥，杜宇一声春晓。

此词写溪桥月色，笔墨疏淡，似到非到，若有若无，却使旷野、层霄、清溪、草地、绿杨、小桥，还有诗人与其玉骢马，无不在春夜月亮的朗照之中，营造出一个月光融融的银色世界。意境空明澄澈，静谧迷人，韵味无穷。《水调歌头》更是以空灵妙笔写月的仙品、逸品：

明月几时有？把酒问青天。不知天上宫阙，今夕是何年。我欲乘风归去，又恐琼楼玉宇，高处不胜寒。起舞弄清影，何似在人间。　转朱阁，低绮户，照无眠。不应有恨，何事长向别时圆？人有悲欢离合，月有阴晴圆缺，此事古难全。但愿人长久，千里共婵娟。

通篇写月，几乎无一笔实写细描，全从自己问月、飞月、望月、怨月、慰月、舞月中虚写而出，但中秋月之圆满、皎洁、清丽、高寒，其运行照临之动态，其诱人浮想联翩的神奇意趣和浪漫色彩，皆历历如在目前。这种空灵蕴藉的意境，使词论家无不击节赞叹。宋代张炎《词源》（卷下）说："清空中有意趣，无笔力者未易到。"明代卓人月、徐士俊《古今词统》（卷十二）说："画家大斧皴，书家擘窠体也。"清代先著、程洪《词洁》（卷三）说："此词前半自是天仙化人之笔。……诗家最上一乘，因有以神行者矣，于词何独不然？"郑文焯《手批东坡乐府》说："发端自太白仙心脱化，顿成奇逸之笔。"近人俞陛云《唐五代两宋词选释》说："全篇若云鹏天马，一片神行。"东坡词此种空灵妙境，最有韵味。北宋人范温《潜溪诗眼》有一段长文专论"韵"，他发挥苏轼提倡"韵"的审美思想，认为"韵"即是"行于简易闲澹之中，而有深远无穷之味";又指出,古今诗人中,陶渊明韵最高,"近时学高韵胜者,唯老坡"。④近人顾随对此亦有卓见深识,他说:"东坡之词,写景而含韵;稼轩之作,言情而折心。稼轩非无写景之作,要其韵短于坡。"又阐释东坡词"写景而含韵"的特点是"疏写景物,遥深寄托""远韵移人,高致超俗"。⑤

"深睿",是东坡写景词艺术意境的又一个鲜明特色。深睿,是指东坡能在写景与造境中寄寓睿智、深邃的人生哲理。在宋代诗人词人中,苏轼最具有哲学意识,宇宙意识。他常常带着哲人的睿智的微笑来谛视人生,探寻宇宙与人生的奥秘。他最早提倡在诗词书画创作中开拓哲理境界,在《书吴道子画后》中提出了"出新意于法度之中,寄妙理于豪放之外"的美学主张。在东坡词中,有不少寓深睿哲思于写景抒情之杰作。上举《水调歌头》(落日绣帘卷)结尾"一点浩然气,千里快哉风",就揭示了只有胸怀浩然正气才能充分体会和享受大自然之美这一哲理。《水调歌头》(明月几时有)更是通篇渗透夐绝的宇宙意识和人生哲理。结尾几句,已成为脍炙人口的哲理警句。又如《浣溪沙》(细雨斜风作小寒)写他在泗州与刘倩叔同游南山。词中从南山冬末春初的清冷景色和二人饮清茶吃鲜蔬的生活场面,引发出"人生有味是清欢"的妙理。苏轼善于将自我放到宇宙、历史或政治、人生的大背景下思索，所以他常常能在表现平凡的自然风光和日常的生活情景中，创造出超越个体、超越实境的深远哲理境界。请读下面二首：

  莫听穿林打叶声，何妨吟啸且徐行。竹杖芒鞋轻胜马。谁怕？一蓑烟雨任平生。　料峭春风吹酒醒，微冷，山头斜照却相迎。回首向来萧瑟处，归去，也无风雨也无晴。(《定风波》)

  山下兰芽短浸溪，松间沙路净无泥，萧萧暮雨子规啼。　谁道人生无再少？门前流水尚能西！休将白发唱黄鸡。(《浣溪沙》)

从林中风雨交加到山头斜照相迎的天气阴晴变化中，我们不难体味到作者对政治灾难和人生坎坷的透彻之悟。作者坚信人生终将否极泰来，遇塞而通，由阴转晴，因此他采取了随缘自适、履险如夷、任天而动的旷达乐观态度。一首写途中遇雨小景的小词，却包蕴了大人生、大哲理。后一首描写山下溪流清澈，兰芽在溪边茁长，松间沙路洁净无泥，杜鹃在空蒙暮雨中啼鸣。正是这一派生机盎然的春光，尤其是清泉寺门前溪水西流的特殊自然景象，使作者生发出人生能回复少年的奇想，从而唱出一曲呼唤青春常在的乐观的人生之歌。这些情、景、理水乳交融的词篇,能使读者获得深睿的思想启迪和美妙的艺术享受。东坡词这种从寻常的自然和生活景象中开拓出哲理境界的特色,在南宋辛稼轩的词中得到进一步的发扬。

  以上,我们探讨了东坡词写景造境的艺术。然而,词作为一种倚声应歌、同音乐关系密切的文学形式,在写景造境方面,自然与诗文有所不同。这种不同主要在于:词除了追求诗情与画意,还要特别注意旋律感和音乐美。东坡词善于利用长短句的参差错落、骈散变化,造成有韵律的节奏,用字造句押韵也力求铿锵响亮、和谐优美。例如,郑文焯《手批东坡乐府》就赞誉《洞仙歌》(冰肌玉骨)"如空山鸣泉,琴筑竞奏",《满庭芳》(三十三年)"不事雕凿,字字苍寒,如空岩霜干,天风吹坠颇黎地上,铿然作碎玉声"。又如《八声甘州》(有情风万里卷潮来),当代词学家叶嘉莹先生从中听出了"天风海涛之曲,中多幽咽怨断之音"。⑥而《定风波》(莫听穿林打叶声)在八个七言句中嵌入三个二字句,使旋律、节奏由迂徐平缓变为跌宕起伏,豪迈奔放,铿锵有力。这都是音乐美的表现。笔者还注意到,东坡词的写景句中,大量运用了叠字、双声、叠韵词和重言错综句,例如"山雨萧萧过,溪风浏浏清"(《南歌子》)、"照野瀰瀰浅浪,横空隐隐层霄"(《西江月》)、"迎客西来送客行""秋雨晴时泪不晴"

(《南乡子》),等等。这不仅是为了生动逼真地形容景物,同时也是要追求和谐悦耳的音调之美。但以上这些属于语言的音乐美,是一般词人都应该做到并且不难做到的。东坡超越他人之处在于:他能够根据所要表现的景与情的特点,选择最适合的词调,并尽量采用线状的而不是环状或块状的铺叙法,⑦以主体情感或动作为线索,串联景物意象,使其一气贯注,联翩而下,层层展开,步步深入,有行云流水之妙。这样,作品的艺术意境就不仅有完整性、层次感,而且有旋律性、动态感。东坡的《临江仙》(四大从来都遍满)、《行香子》(携手江村)、《昭君怨》(谁作桓伊三弄)、《蝶恋花》(雨后春容清更丽)等篇都采用了线状铺叙法,在情景关系的处理上,或先景后情,或先情后景,或景起景结而中间抒情,或用"景—情—景—情"的组合方式,景物意象就波动在节奏旋律之中,成为流动的音画。最典型的作品,是那首《行香子·过七里濑》:

> 一叶舟轻,双桨鸿惊。水天清、影湛波平。鱼翻藻鉴,鹭点烟汀。过沙溪急,霜溪冷,月溪明。　重重似画,曲曲如屏。算当年、虚老严陵。君臣一梦,今古空名。但远山长,云山乱,晓山青。

此词采取线状铺叙法，全篇章法是"景—情—景"的转换，景物意象依次呈现，显出舟行的动态流程，宛若一支立体的、在时空中持续运动变化的乐曲。而三溪与三山这两组最幽美迷人的风景，在上片与下片各用三个排比的三字句来表现，它们前后映照，使这支乐曲的旋律节奏由舒徐到急促，显现出动人的音乐美，恰似乐曲中的华彩乐段。可见，苏轼用《行香子》这个词调来描绘舟行七里濑青山碧溪的情景，是经过精心选择和巧妙构思的。作于同一时期的另一首《行香子》（携手江村），描写杭州山水风月，也以"向望湖楼，孤山寺，涌金门"和"有湖中月，江边柳，陇头云"两组三言排比句，上下对映，突出最美最有特征的景致，同样显出苏轼对旋律节奏的安排与设计。只要细心考察品味，我们在东坡的许多写景词中，都不难体会到他在意境创造中追求诗情、画意与音乐美融于一炉的艺术匠心。更深一层地看，苏轼在词中写景造境追求"空灵"、追求"韵"，不就是以一颗音乐的心灵观察、谛听、领悟、表现大自然的节奏与和谐吗？

---

① 参见邓乔彬《唐宋词美学》，齐鲁书社1993年版，第32页。
② 《顾随文集·东坡词说》，上海古籍出版社1986年版，第11页。
③ 傅庚生《中国文学欣赏举隅·情景与主从》，北京中国书店1989年版，第57页。
④ 见钱锺书《管锥编》第4册，中华书局1979年版，第1362—1363页。

⑤《顾随文集·东坡词说》,上海古籍出版社 1986 年版,第 43—44 页。
⑥ 唐圭璋主编《唐宋词鉴赏辞典》,江苏古籍出版社 1986 年版,第 408 页。
⑦ 关于宋词的三种铺叙法,参见龙建国《唐宋词艺术精神·铺叙》,山西高校联合出版社 1996 年版,第 238—243 页。

第十讲

论东坡哲理词

一

北宋大文豪苏轼"以诗为词",他在词中不仅抒情言志,而且更深一层地叙写对宇宙人生的哲理感悟。据笔者品味、统计,在三百五十多首东坡词中,蕴含着作者对自然、宇宙、人生、生命的睿智深刻思考的,不少于五十首。苏轼写了如此多的哲理词,占其全部词作的七分之一,这在中国古代词人中是独一无二的。对此,我们必须予以高度的重视。我认为,如果说苏轼把词带向"诗言志"的境界,是在晚唐五代至北宋前期词人李煜、韦庄、范仲淹、柳永、张先、晏殊、欧阳修、王安石等人的一部分词作言志倾向的进一步开拓;那么他将词提升到形而上的哲理诗的境界,则是在词史上更大胆也更独到的创新。在苏轼之前,只有那位被王国维誉为"不失其赤子之心""以血书之""俨然有释迦、基督担荷人类罪恶之意"(《人间词话》)的南唐后主李煜,在其词中从一己之现实悲痛表达出普遍的人生感慨，写出了"世事漫随流水，算来梦里浮生。醉乡路稳宜频到，此外不堪行"（《乌夜啼》），"春花秋月何时了，往事知多少？小楼昨夜又东风，故国不堪回首月明中。雕栏玉砌应犹在，只是朱颜改。问君能有几多愁，恰似一江春水向东流"（《虞美人》）等佳句名篇，蕴含着纯真深挚的悲恨与广远深邃的哲理。但李煜词中蕴含宇宙人生哲理，很难说是他自觉的有意识的表达。此后，在苏轼的前辈和同时代的北宋词人的作品中，我们偶然可以发现一些蕴含人生哲理的词句。例如晏殊的名篇《浣溪沙》（一曲新词酒一杯）中的"无可奈何花落去，似曾相识燕归来"一联，刘学锴先生论析说："在惋惜与欣慰的交织中，蕴含着某种生活哲理：一切必然要消逝的美好事物都无法阻挡其消逝，但在消逝的同时仍然有美好事物的再现，生活不会因消逝而变得一片虚无。只不过这种重现毕竟不等于美好事物的原封不动地重现，他只是'似曾相识'罢了。因此，在有所慰藉的同时又不觉感到一丝惆怅。"[①]诠释句中蕴含的人生哲理颇精妙。然而统观晏殊、欧阳修等婉约词人之作，绝大多数都以抒情为主，抒写男女恋情、词人羁旅行役和日常生活的闲情，却很少言志之作。那些偶尔出现的蕴含哲理的词句，与其说是作者有意识地表达对宇宙人生的理性思考，毋宁说是属于叶嘉莹先生所指出的"文本之潜能"。[②]饶宗颐先生说,"中国诗歌重情文而不重理文""中国说理诗,乃至宋代才有相当地位"。③苏轼是宋代大量创作哲理诗并取得突出成就的作家。他才思横溢、最有革新精神,不但在诗文中而且在词中挥洒自如地写景抒情叙事说理,把情景事理融于一炉,从而深化了词的意蕴,提高了词的意境。

为了更清楚地说明这一点,我们举东坡的《哨遍·春词》为例:

睡起画堂,银蒜押帘,珠幕云垂地。初雨歇,洗出碧罗天,正溶溶、养花天气。一霎暖风廻芳草,荣光浮动,卷皱银塘水。方杏靥匀酥,花须吐绣,园林排比红翠。见乳燕捎蝶过繁枝。忽一线炉香逐游丝。昼永人闲,独立斜阳,晚来情味。　便乘兴、携将佳丽。深入芳菲里。拨胡琴语,轻拢慢捻总伶俐。看紧约罗裙,急趋檀板,《霓裳》入破惊鸿起。颦月临眉,醉霞横脸,歌声悠扬云际。　任满头、红雨落花飞。渐颭鹊、楼西玉蟾低。尚徘徊、未尽欢意。君看今古悠悠,浮宦人间世。这些百岁,光阴几日,三万六千而已。醉乡路稳不妨行,但人生、要适情耳。

从开篇到"尚徘徊、未尽欢意",描写春天昼夜赏景听歌观舞情景。词人以华丽辞藻极力形容渲染,属于苏词中的"缘情而绮靡"之作。张伯驹《从碧词话》评曰:"东坡《哨遍》词'睡起画堂'一阕,'尚徘徊、未尽欢意'以前,极似屯田。"的确,如果没有后面一段抒情寓理的文字,这首词的题材、情调、风格、语言,酷肖柳永层层铺叙的婉约词,虽有意境,但格调不高,意蕴浅薄。然而苏轼却将这春日游赏情景提升一层,揭示出"人生要适情"的普遍哲理。词的境界也就大大提高了。胡寅说:"眉山苏氏,一洗绮罗香泽之态,摆脱绸缪宛转之度,使人登高望远,举首高歌,而逸怀浩气,超然乎尘垢之外,于是花间为皂隶,而柳氏为舆台矣。"(《题酒边词》)这首《哨遍·春词》为胡寅这段著名的评论提供了有力的例证。

饶宗颐先生将哲理诗、哲理词称之为形上诗、形上词。他说:"西洋形上诗,代表形而上。这是与形而下相对立的,带有物以上的意思。这是看不见的。对此,中国人谓之为道,而形而下,则谓之为器。……重视道,重视讲道理,这是形上词的特征。如果为形上词立定义,是否可以说,所谓形上词,就是用词体原型以再现形而上旨意的新词体。"④饶先生认为苏轼虽未曾主张制作形上词,却似乎很早就有了在词中追求向上一路的想法。他说:"苏东坡很懂庄子,《赤壁赋》里有相对论,《水调歌头》(明月几时有)也甚为达观。

论者称其'指出向上一路'这是值得注意的。"⑤可谓独具慧眼的发现。笔者想稍作补充的是，苏东坡虽未曾主张制作形上词，但众所周知，他高度赞扬唐代画圣吴道子的作品"出新意于法度之中，寄妙理于豪放之外"（《书吴道子画后》），并认为这种艺术境界，是诗文、辞赋、书画创作都要努力追求的。他论词的一些言谈，也明确地表达出在词作中追求形而上的哲理的意向。他在《祭张子野文》中说："清诗绝俗，甚典而丽。搜研物情，刮发幽翳。微词婉转，盖诗之裔。"所谓"刮发幽翳"，也就是要揭示掩藏在事物表象深处的精微道理。他赞扬陈季常词"警拔"（《与陈季常书》），王晋卿诗词"超然有世外之乐"（《题王晋卿诗后》），也可见他提倡创作精警峻拔、有超尘出俗精神的哲理词。

对于苏轼词的哲理意味，古今词论家也有朦胧或清晰的认识。黄庭坚称东坡词"落笔皆超逸绝尘"（《跋子瞻醉翁操》）；王灼称东坡词"指出向上一路，新天下耳目"（《碧鸡漫志》卷二）；胡仔称东坡词"绝去笔墨畦径间，直造古人不到处，真可使人一唱而三叹"（《苕溪渔隐丛话后集》卷二十六）；刘熙载称东坡词"具神仙出世之姿"（《艺概·词曲概》）；王鹏运称东坡词"夐乎轶尘绝迹，令人无从步趋"（《半塘遗稿》）；陈匪石称东坡词"能高能宽，则涵盖一切，包容一切""气味自归于醇厚，境地自入于深静"（《声执》卷上）；

蔡嵩云称东坡词"胸有万卷,笔无点尘。其阔大处,不在能作豪放语,而在其襟怀有涵盖一切气象"(《柯亭词论》)。以上诸家之论,尽管并未拈出"形而上""哲理"的字眼,却都揭示了东坡词超越凡俗的形而上的哲理意味与境界。现当代的学者中,除饶宗颐外,周汝昌说:"坡公的词,手笔的高超,情思的深婉,使人陶然心醉,使人渊然以思,爽然而又怅然,一时莫名其故安在。继而再思,始觉他于不知不觉中将一个人生的哲理问题,已然提到了你的面前,使你如梦之冉冉惊觉,如茗之永永回甘,真词家之圣手,文事之神工,他人总无此境。"⑥陶尔夫指出东坡词有"参禅悟道,哲理探讨"之作。⑦严迪昌说最能表现东坡词特有格调的,是那些"在企求游仙出世、思欲归隐,或啸傲山水、流连光景地陶醉于赏心乐事的情思中,表现着'万事到头都是梦''此心安处是吾乡'的清旷放逸的词篇"。⑧杨海明说,在苏轼"相当多的一些词篇中,寓有深刻的人生哲理,或者说,他的词富有'思想的深度',这正是苏词迥乎同时代其他词人的特异之处"。⑨崔海正说:"在东坡词各种风格样式的背后,往往隐藏着一个最基本的东西,即隽永的哲理意味。"⑩冷成金说,苏词富有理趣,"理是其词作情绪流程的自然终结""主要指向人的终极性问题,即如何处理人生的有限和宇宙的无限的关系"。⑪

可见,古今词评家对于苏轼词富于理趣及其表现特征都有所认识,其中有不少真知灼见。然而至今笔者尚未见到专门的深入论述。有鉴于此,笔者对东坡词的哲理意蕴和表现艺术,试作一些探讨。

二

东坡词中抒写的人生感慨和哲理,内涵丰富,见解独特。在相当多的作品中,一再表现他对人生的有限性和虚幻性的深刻感受。例如,"此生此夜不长好,明年明月何处看"(《阳关曲》);"世事一场大梦,人生几度新凉"(《西江月》);"笑劳生一梦,羁旅三年,又还重九"(《醉蓬莱》);"一梦江湖费五年"(《浣溪沙》);"十五年间真梦里"(《定风波》);"万事到头都是梦,休休,明日黄花蝶也愁"(《南乡子》)等。在这位屡遭政治磨难、饱尝种种人生况味的诗人看来,人生是短暂的,又是虚幻的。人的聚散离合、祸福吉凶多是偶然无常,很难把握。因此,在苏词中多次出现的"人生如寄"与"人生如梦"的感叹,渗透着无可奈何的深沉悲哀。可贵的是,苏轼并没有一味沉溺在悲哀之中,而是力求超越和升华。他正视人生有限与自然永恒的矛盾,认为人只要能以一种寓意于物而不留意于物的旷达洒脱态度对待荣辱得失、穷达祸福,尽量摆脱和化解痛苦哀愁,坚持对美好生活的追求和信念，充分享受大千世界的无穷之美，达到心境的完全自适与精神的极大自由，人的精神也就可以永存于天地之间，有限的生命也就获得永恒。于是他在词中满怀自信与希望地唱道，"无波真古井，有节是秋筠""人生如逆旅，我亦是行人"（《临江仙·送钱穆父》），"苒苒中秋过，萧萧两鬓华。寓身此世一尘沙。笑看潮来潮去，了生涯"（《南歌子》）。意谓个体生命即使渺小、短暂如一粒尘沙，但能笑看天下奇观钱塘潮来去，了此生涯，亦何等畅快！他在黄州写的《浣溪沙》词中，从清泉寺下兰溪水向西倒流的特殊景象，引发奇想：人只要乐观、自信，就能老当益壮、重新恢复青春年少，唱出"谁道人生无再少，门前流水尚能西。休将白发唱黄鸡"这曲生命长青的颂歌，表达出奋发向上的人生哲理。苏轼既深刻感受人生虚幻性的痛苦，又热烈肯定个体生命的实在性，执着地追求生命价值的实现。在《永遇乐》中，他写道："古今如梦，何曾梦觉，但有旧欢新怨。"提醒自己和人们要摒弃欢怨之情，超越如梦人生。《临江仙》又反用《庄子·知北游》的"吾身非吾有""至人无己"的语意，写出"长恨此身非我有，何时忘却营营"之句，认为摆脱追名逐利，蝇营狗苟，便能找回失落的自我。

因此，苏轼词中突出表达了一种摆脱困苦、化解悲愁、对抗挫折、迎战命运的积极向上精神。《定风波》描绘他在风雨中"吟啸徐行"的自我形象，并以"一蓑烟雨任平生""也无风雨也无晴"这两个乐观旷达的警句，表达出他对困境安之若素，精神升华到履险如夷、宠辱不惊的境界。在《水调歌头》（落日绣帘卷）中，苏轼描绘快哉亭下夕阳辉映水天相连的空阔迷离景色，突出表现长江波平如镜、碧峰倒映的静景和风起浪涌、扁舟出没的动景。词人油然感受到一股浩气雄风，从而引发出对宋玉和庄子关于风的说法的评论，写出"堪笑兰台公子，未解庄生天籁，刚道有雌雄。一点浩然气，千里快哉风"的哲理句，表明人的胸中只要有一股浩然之气，在任何境遇中都能处之泰然，也就能舒适快意地享用千里清风。

　　在苏轼清雄旷放的词笔下，人生适意的感受表现得情味十足，理趣盎然！请看："画隼横江喜再游。老鱼跳槛识清讴。流年未肯付东流。　　黄菊篱边无怅望，白云乡里有温柔。挽回双鬓莫教休。"（《浣溪沙》）、"我今忘我兼忘世。亲戚无浪语，琴书中有真味。……但知临水登山啸咏，自饮壶觞自醉。此生天命更何疑。且乘流，遇坎还止。"（《哨遍》）在平和恬适、淡泊宁静的日常生活情景的描绘中，袒露出委心任运、随遇而安、忘世忘我的旷达超脱情怀，将诗意蓊郁的人生哲思注入其中，令人读来享受到丰富深永的艺术审美情趣。

苏轼词中还有一些探讨自然和宇宙奥秘之作。脍炙人口的中秋词《水调歌头》开篇云："明月几时有？把酒问青天。不知天上宫阙，今夕是何年。我欲乘风归去，又恐琼楼玉宇，高处不胜寒。"词人一下笔便写他把酒问青天，好像是在追溯明月的诞生、宇宙的起源，又好像是在惊叹造化的神奇巧妙。我们从他天真的提问中感受到他对明月的赞美与向往。苏轼大胆幻想乘风入月，把月亮当成自己的精神栖息地。这一出世登仙的想法，既反映了他"逸怀浩气，超然乎尘垢之外"的哲思，也表达了古人对宇宙奥秘的探索精神和亲和精神，使词境达到了超越人间、天人合一的境界。今天，人造卫星和载人飞船遨游太空，苏轼的幻想已成为现实，这更使我们由衷赞叹这位诗人兼哲人的高超智慧和大胆预见。

受到佛教禅宗思想深刻影响的苏轼，在一些词篇中表达了富于哲思的禅理。元丰七年（1084）他在泗州佛寺沐浴后写的两首《如梦令》云："水垢何曾相受，细看两俱无有。寄语揩背人，尽日劳君挥肘。轻手，轻手，居士本来无垢。""自净方能净彼。我自汗流呀气。寄语澡浴人，且共肉身游戏。但洗，但洗，俯为人间一切。"以诙谐生动的笔调，来表达他在沐浴这一日常生活细节中悟出的哲理：人无欲念心灵纯洁即可不受尘垢侵染，自己洁净才能使别人洁净。佛教的清净观和禅宗公案顿悟的思维方法，使苏轼领悟到"垢"与"净"、

"自"与"彼"的辩证统一关系。这两首词反映了苏轼在污浊尘世中保持真率本性和高洁人格的精神。

总之,苏轼在词中多方面多角度地揭示了普遍的深湛的人生哲理,表达了他对人的祸与福、荣与辱、形与神、生与死的理性思考,对人生的短暂与永恒、虚幻与实在、真相与底蕴、意义与价值的深切感受。这就使得他的词作在思想的高度与深度上,远胜于所有北宋的词人。前人称其词"逸怀浩气""灵气仙才""涵盖一切,包容一切""轶尘绝迹,令人无从步趋",是有根据的,精当的。

应当指出,苏轼词中表达的人生哲理,有别于理学家的空洞陈腐,也不同于庄禅的玄虚莫测。这些哲理都基于日常的事理与人情,有明显的实践性、朴素性与作者的独特个性。苏轼兼融贯通儒、释、道三家思想又使其趋于简易、致用,借以圆通地观照事理和明达地处世应物,所以他在词中揭示的哲理既深邃精微,又平易近人。无论是"一蓑烟雨任平生",还是"也无风雨也无晴",无论是"又得浮生一日凉"(《鹧鸪天》),还是"人间有味是清欢"(《浣溪沙》),这些从日常情景中概括出的哲理警句是多么启迪人心、隽永有味!苏轼在坎坷曲折的一生中,历经大起大落、大悲大喜的反复交替的体验。他在诗词中叙写的哲理,是他深切感受到的人生真相和底蕴。一个作家,如果没有苏轼那样坎坷曲折的人生经历，也没有苏轼那样博大明通的思想见识，或者虽有类似的人生经历、思想见识而不能突破"词为艳科"的传统观念，不能把词当作诗来写，是不可能创作出如此睿智高妙的哲理词的。北宋的柳永、张先、晏殊、欧阳修、秦观、周邦彦、李清照等人的词作都取得了各自不同的杰出成就，却没有人能把词提升到人生哲理的高境界，乃是因为他们都不兼具苏轼的这三个条件。

三

王水照先生在《苏轼的人生思考和文化性格》一文中指出：苏轼是一位聪颖超常的智者，却算不得擅长抽象思辨的哲学家。他是从生活实践而不是从纯粹思辨去探索人生底蕴。他个人特有的敏锐直觉加深了他对人生的体验，他的过人睿智使他对人生的思考获得新的视角和高度。[⑫]这些见解很中肯。我们考察苏轼的哲理词，还应当充分认识到苏轼是一位感情丰富、才华横溢的诗人。他既善于将现实人生转化为艺术人生，又擅长把现实人生和艺术人生凝结为美妙动人的诗词杰作。

哲理词要表达出形而上的哲理，却不能丢弃"形"。所谓"形"，在文学作品中就是指具体生动的自然和社会生活情景,指感性的鲜明的形象。苏轼是十分注意形象性的。他的极少数词篇,虽用议论说理的手法来表达哲理,却是从具体的生活情事触发,将叙事与说理融为一体,并用饶有情趣的语言表达,并不空泛、枯燥。上文所引那两首写佛寺浴的《如梦令》即是说理有趣之作。又如《满庭芳》:

> 蜗角虚名,蝇头微利,算来著甚乾忙。事皆前定,谁弱又谁强?且趁闲身未老,须放我,些子疏狂。百年里,浑教是醉,三万六千场。　思量。能几许,忧愁风雨,一半相妨。又何须抵死,说短论长。幸对清风皓月,苔茵展、云幕高张。江南好,千钟美酒,一曲《满庭芳》。

词一开篇便用生动贴切的比喻和对偶工整的句子,对世俗热衷的名利作了形象的概括并予以无情的嘲讽。这八个字成了后世用来议论名利的警句。词中有层次地揭示作者由讽世到愤世、从自叹到自适的内心世界,表现作者鄙弃名利、摆脱悲愤、超越世俗乃至超越生死的人生态度。全篇以议论为主,夹以抒情,作者愤世嫉俗和豁达开朗之情洋溢纸上。下片"幸对"三句展现清风皓月、苔茵无际、云幕高张的清丽阔大景色,饶有诗情画意地表达他与自然造化同乐的襟怀。

这种以议论为主、夹以抒情，插入生动景物描写的哲理词，还有《行香子》：

> 清夜无尘，月色如银。酒斟时、须满十分。浮名浮利，虚苦劳神。叹隙中驹、石中火、梦中身。　　虽抱文章，开口谁亲！且陶陶、乐尽天真。几时归去，作个闲人。对一张琴，一壶酒，一溪云。

此词约写于元祐时期（1086—1093），词中抒发作者政治抱负不能实现的苦闷情绪，更集中概括出他对人生虚无的深刻认识和归隐田园解脱精神苦闷的愿望。词中的议论具有玄学思辨色彩。但作者一下笔便描绘清新、恬静、皎洁的月夜景色，营造了感人的抒情环境氛围。上下片都在抒情议论之后推出三个具体生动的意象。"隙中驹，石中火，梦中身"是作者熔铸典籍创构的喻象，象征人生的短暂虚无。"一张琴，一壶酒，一溪云"是作者独创的景物意象，富于诗意美地表现出田园隐逸生活的闲适清雅乐趣。由于巧借意象抒情说理，又能营造出抒情环境氛围，作品并不乏韵味。

在东坡的哲理词中，上述作品数量极少，虽有形象、有情味，却并未创造出浑整的意境，不能代表其艺术成就。东坡写得更多更好的，是那些情景交融或情景事交融，从中自然地生发出哲理的篇章。这些篇章，往往营构出高远又深邃、警拔又洒脱的意境。苏轼在创作中将具体的个别的情景向哲理高度提升的方法与途径，多种多样，使其词的哲理意境多姿多彩、变幻无穷。下面试论他的几种主要的提升、超越方法：

其一，从日常生活情景和自然景物中概括出人生妙谛。这种方法苏轼用得最多，也最得心应手。如前所述，《定风波》（莫听穿林打叶声）从途中遇急雨的生活情景细节，融入了自己经历政治风雨的体验与反思，表达出对逆境安之若素、履险如夷的旷达情怀与人生哲理；《浣溪沙》（山下兰芽短浸溪）由溪水西流引发出人生能再少的奇想，唱出了乐观的呼唤青春的人生之歌；《鹧鸪天》（林断山明竹隐墙）描绘初夏雨后农村的风光景物，流露出词人徜徉林泉的闲怡之趣。结句"又得浮生一日凉"画龙点睛，表达出飘忽不定的人生中自适自乐的哲理。再看《蝶恋花》：

花褪残红青杏小。燕子飞时，绿水人家绕。枝上柳绵吹又少，天涯何处无芳草！　　墙里秋千墙外道。墙外行人，墙里佳人笑。笑渐不闻声渐消，多情却被无情恼。

上片写暮春景色，下片写春日"墙外行人"被"墙里佳人笑"

的日常生活小景。词人以清词丽句抒伤春情怀,写得清新婉约,韵味深长。清人王士禛说:"枝上柳绵,恐屯田缘情绮靡,未必能过。"(《花草拾蒙》)但词人并未使词境局限于此。"天涯何处无芳草"与作者那首《定风波》中的"此心安处是吾乡"句意相近,抒写出词人追寻精神故乡的旷达乐观情怀;"多情却被无情恼"也传达出人生某种特定情结,成为历来人们传颂的情理交融的名句。

其二,将人生理想融注到自然景象与现实生活之中。《水调歌头》(明月几时有)上片从问天发端,对比天上人间,突出入世与出世的矛盾。经过内心的激烈斗争和深刻思索,肯定了现实,表现出对人生的眷恋。下片"人有悲欢离合,月有阴晴圆缺,此事古难全",从人到月,从古到今,对自然与人生的缺陷与遗憾作了高度的概括,已很有哲理意味。面对自然与人生永远无法弥补的缺陷、遗憾,词人"指出向上一路",以乐观旷达之情,写出"但愿人长久,千里共婵娟"的结句,深挚慰问和祝愿世间所有离别的亲人(包括自己的兄弟),都能在千里相隔中共赏一轮明月,沐浴她温柔圣洁的光辉,心息相通即恍若咫尺相依。这两句同唐代诗人王勃的"海内存知己,天涯若比邻"(《送杜少府之任蜀州》)和张九龄的"海上生明月,天涯共此时"(《望月怀远》)异曲同工,境界阔大明朗,情景理交融,给全词增加了积极乐观的意蕴,使

词提升到美好的理想境界,具有永恒的打动人心的艺术魅力。又如《西江月》:

> 照野瀰瀰浅浪,横空隐隐层霄,障泥未解玉骢骄,我欲醉眠芳草。　可惜一溪风月,莫教踏碎琼瑶。解鞍欹枕绿杨桥,杜宇一声春晓。

此词写他在贬谪黄州期间的一个春夜乘月出游情景。词人以俊逸豪丽的笔墨展现旷野、横空、云层、芳草、溪水、绿杨、小桥、玉骢,都在明月朗照之中,烘托出一个月光融融的银色世界。词人在月下解鞍倚枕,醉眠芳草,斜倚溪桥,静赏月色,直到倾听杜鹃啼鸣,迎来清晓。平常的春夜景色,被营构成一个幽美静谧、空明澄澈的理想境界,表现出词人随遇而安、放浪形骸、闲雅自适的襟怀情趣。通篇写景、叙事、抒情,无一理语,却使人感到情景事理交至。词人在小序中说"疑非尘世"也,正是他将任真自得、物我两忘、无往不乐的人生理想注入其中,才创造出这样一个翛然旷远、超尘绝世的词境。

其三,借醉乡梦境表现对现实的超越和精神的解脱。例如元丰五年(1082)九月作于黄州的《临江仙·夜归临皋》:

> 夜饮东坡醒复醉,归来仿佛三更。家童鼻息已雷

鸣。敲门都不应,倚杖听江声。 长恨此身非我有,何时忘却营营!夜阑风静縠纹平。小舟从此逝,江海寄余生。

词写深秋之夜他在雪堂开怀畅饮、醉后返归临皋的情景。上片表现词人醉饮的豪兴、醉酒的程度,传神地刻画出他醉眼蒙眬的神态。家童鼻息如雷,词人敲门不应,倚杖听江声,以声写静,突出夜之深、夜之静,营造出恬静空阔境界,表现了词人风神萧散的形象和无可无不可的超旷意兴。下片转入对身世的感叹。"长恨"二句情理交融,表达人在宦海浮沉,追名逐利,无法主宰自己的命运,甚至丧失了自我本性。于是为美酒与美好的大自然而深深陶醉的词人,不由得生起超然远举的念头,要趁此良辰美景,驾一叶扁舟,随波流逝,任意东西,将有限的个体生命融入无限的大自然中。全篇表现醉态醉情,醉乡醉境,展示由外在的贬谪到内在的超越、由人生失意到精神解脱的提升历程,情景理妙合无垠,风格飘逸潇洒,富有浪漫情调。再看一首写梦境的:

明月如霜,好风如水,清景无限。曲港跳鱼,圆荷泻露,寂寞无人见。紞如三鼓,铿然一叶,黯黯梦云惊断。夜茫茫、重寻无处,觉来小园行遍。 天涯倦客,山中归路,望断故园心眼。燕子楼空,佳人何在,空锁楼中燕。古今如梦,何曾梦觉,但有旧欢新怨。异时对、黄楼夜景,为余浩叹!(《永遇乐》)

元丰元年(1078)十月,苏轼在徐州,据说曾梦登燕子楼,次日便往寻其地,作此词。词人以"梦"贯穿全篇,上片写梦中与梦醒后在燕子楼小园的所见所闻所感,把人引入一个清幽迷蒙、惝恍迷离的境地。这似真似幻的梦境,使他想起燕子楼中的种种旧事,想起自己的劳碌浮生,想起古往今来无数悲欢恩怨,产生一种天涯倦客、人生如梦的虚幻感。进而又超越自我、超越眼前,将佳人、倦客、芸芸众生相联系,使历史、现实与未来相沟通,概括出"古今如梦,何曾梦觉,但有旧欢新怨"的哲理警句,既表达深刻的人生空漠感,又流露自己要摒弃欢怨之情超越如梦人生的情怀。结尾二句设想后人登黄楼凭吊自己,也如自己今天凭吊关盼盼一样,揭示出生生灭灭、转古成今的自然规律,使自己从悲哀的感情漩涡中解脱出来,于是词意升华到超旷放达的高境。

其四,化用神话故事,以游仙的虚幻情节表现追寻求索人生真谛的哲理。《满庭芳》(归去来兮)下片写词人飞腾幻想的彩翼,升入天宇,在银河岸头与停梭迎客的仙女对话:"银潢尽处,天女停梭。问何事人间,久戏风波?"借天女的问询,隐隐透露他对仕途生涯的反省,对人间风险的余悸。接下去,"顾谓同来稚子:'应烂汝腰下长柯!'青衫破,群仙笑我,千缕挂烟蓑。"以任昉《述异记》所载王质入仙山的典故表达人世间的一切转瞬即逝,因此不必十分介意自己往昔的坎坷境遇,也不必为"老去君恩未报"的情绪拘囿,而应在"清溪无底,上有千仞嵯峨"的大自然中安度晚年,使自己与天地宇宙融为一体。这种以游仙形式超越现实人生的艺术构思,更鲜明突出地体现在《念奴娇·中秋》中:

凭高眺远,见长空、万里云无留迹。桂魄飞来,光射处、冷浸一天秋碧。玉宇琼楼,乘鸾来去,人在清凉国。江山如画,望中烟树历历。　我醉拍手狂歌,举杯邀月,对影成三客。起舞徘徊风露下,今夕不知何夕。便欲乘风,翻然归去,何用骑鹏翼!水晶宫里,一声吹断横笛。

此词是元丰五年(1082)八月十五日苏轼在黄州赏月时作。上片写月宫景象,描绘清冷的月光浸透碧静的秋空,月中的楼台殿阁晶莹瑰丽,仙人们在天空驾鹤乘鸾自由来往。他们在这清凉国中俯视人间如画江山,烟树历历。下片写自己欢醉狂歌，举杯邀月，在风露下起舞徘徊，对月发问，决意乘风翩然飞回仙界，在水晶般透明的月宫中吹奏出响彻云霄的笛曲。词人采用古代神话故事，以浪漫手法展现出一个高洁清凉的月宫仙界，抒发对自由美好生活的向往，充分表达超尘出世的哲思与情怀，意境极飘逸超渺之致。

其五，从即景怀古、追忆历史往事营构哲理意境。《洞仙歌》（冰肌玉骨）回忆他少年时听老尼讲的一段故事，写五代蜀主孟昶与其爱妃花蕊夫人夏夜纳凉情景。上片以明月如霜、水殿风凉、暗香飘溢之景，衬托佳人"冰肌玉骨"之美与"钗横鬓乱"娇慵之态。下片写佳人中夜遥望星空的心事："试问夜如何？夜已三更，金波淡，玉绳低转。但屈指西风几时来，又不道流年暗中偷换。"流年似水，在不知不觉中偷偷逝去；人生易老，故应拥有此时，把握现在，于普通日常生活中发现美享受美。一篇写蜀宫旧事的作品，却不落《花间》俗套，毫无香艳之病，写得清雅幽淡，饶有意趣，使主题上升到哲理的高度，令人赞叹作者运思落笔超妙入神。难怪张炎《词源》卷下评赏此词"清空中有意趣，无笔力者未易到"。脍炙人口的千古名篇《念奴娇·赤壁怀古》更是从即景怀古中营构哲理意境的杰作。词人将自己政治理想落空的悲哀融会在壮阔的江山和久远的历史中，又借雄姿英发的英雄人物周瑜建奇功伟业，抒发自己壮志难酬的感慨。词人从眺望大江凭吊古迹自然引出人生虚幻犹如大梦,千古风流人物终究被不息奔流的时光长河淹没的哲思。结尾又从悲哀的感情与消极的思想中解脱出来,认知江水、明月是永恒的存在,于是举杯祝月,领受静夜中的大江美景,精神与明月一起遨游于永恒长存之境。此词大笔挥洒,高唱入云,气势恢宏,使人读之油然生出苍凉悲壮的崇高感和超越短暂人生的永恒感。

上面胪列了苏轼创造哲理意境的五种方法。我们还可以从苏轼哲理词中归纳出更多的创造意境的方法和途径来,但以上这五种方法应当是苏轼最运用自如的。仅这五点,已可见苏轼创造哲理意境的方法丰富多变,可谓活脱灵动,妙手生春,涉笔成趣,出神入化。无论用单一手法还是复合手法,他都能使情景事理多重融合,仪态横生而又浑然一体,使词境向形而上的哲理境界升华,令古今词人和读者叹为观止!

王国维在《人间词话》中论词的境界说:"词以境界为最上。有境界则自成高格,自有名句。"又云:"境非独谓景物也。喜怒哀乐,亦人心中之一境界。故能写真景物、真感情者,谓之有境界。"用王氏提出的理论来分析东坡哲理词,其所以能营造出高明智慧的哲理境界,首先在于他能写真景物,真感情。苏词绝大多数由性情流出,从不同的角度展示了词人的个性、情操、理想、志趣、胸襟、学问、见识,展示了他在坎坷曲折的人生旅途中的丰富复杂的精神世界。正如元好问所说:"唐歌词多宫体,又皆极力为之。自东坡一出,情性之外,不知有文字,真有'一洗万古凡马空'气象。"(《新轩乐府引》)王鹏运也认为"其性情、其学问、其襟抱,举非恒流所能梦见"(《半塘老人遗稿》)。正是由于东坡词达到了饶宗颐先生所指出并追求的"真人之境界"⑬,也自然达到形而上的哲理境界。其次,苏轼"以诗为词",仍注意发挥词体的艺术特长。传统词比诗更着重抒情性,在以含蓄委婉的笔调抒写幽约细美的感情方面,积累了丰富的艺术经验。苏轼在创作哲理词时,总是以抒情为主,即景生情,再从情景中自然地生发哲理。在用典、议论、说理时都能融入感情。他又注意发挥词体音律谐美、句式参差、用韵错落等长处,或纵横驰骤、穷极变化,或卷舒自如,深婉不迫,这也有助于创造翛然旷远、超尘出世的哲理意境。人们吟诵《西江月》(照野瀰瀰浅浪)、《永遇乐》(明月如霜)、《洞仙歌》(冰肌玉骨),都能感受到词中和谐优美的音韵节奏,"如空山鸣泉,琴筑竞奏"(郑文焯《手批东坡乐府》),与词人所要创造的清雅幽淡、空灵缥缈的哲理意境极为吻合。刘乃昌、崔海正先生指出:"苏轼于词能刚能柔,有直有婉,既惯于淋漓酣畅地任情发挥,又不乏婉曲缠绵的妙曲艳歌。东坡乐府中有豪品，有艳品，也有逸品和仙品。可说在不同的风调中都有脍炙人口的名作杰构。"⑭东坡的哲理词也具有多姿多彩的风调。再次，前面说过，苏轼词创造哲理境界的关键是善于提升和超越，即将日常生活和具体景物的抒写升华到人生哲理的高度。而提升和超越，源于苏轼对宇宙人生既执着又超脱、能入能出，观察问题圆通灵活。他的山水哲理诗《题西林壁》云："横看成岭侧成峰，远近高低各不同。不识庐山真面目，只缘身在此山中。"用诗的语言概括了他观察、认识宇宙人生的原则。王国维《人间词话》说："诗人对宇宙人生，须入乎其内，又须出乎其外。入乎其内，故能写之。出乎其外，故能观之。入乎其内，故有生气。出乎其外，故有高致。"正因为苏轼对宇宙人生既能入乎其内又能出乎其外，所以他的哲理诗词都有生气又有高致，有情有理，情理融合，动人耳目、沁人心脾又能益人灵智。

如果将苏轼的哲理诗同他的哲理词相比较，哲理诗数量更多，题材更广泛，成就更大，流传更广，影响更深远；但哲理词抒情味更浓，作品更精粹，风调更多样，对辛弃疾的哲理词有更直接的影响，在文学史上更有开创性。

---

① 《唐宋词鉴赏辞典》，上海辞书出版社1988年4月版，第408页。
② 叶嘉莹《谈北宋初期晏欧令词中文本之潜能》，《社会科学战线》，

1988年，第三期。

③④⑤⑬ 施议对《为二十一世纪开拓新词境，创造新词体——饶宗颐形而上词访谈录》，《文学遗产》，1999年，第五期。

⑥《唐宋词鉴赏辞典》，第674页。

⑦《宋词百首译释·前言》，黑龙江人民出版社1984年版。

⑧《苏辛词风异同辨》，《社会科学战线》，1980年，第一期。

⑨《论苏轼词的思想深度》，《苏州大学学报》，1987年，第一期。

⑩《东坡词研究》，山东大学出版社1992年6月版，第25页。

⑪《苏轼的思想与词的创作》，《苏轼》，大连出版社1998年3月版，第30页。

⑫《苏轼研究》，河北教育出版社1999年5月版，第71页，第75页。

⑭《东坡词·前言》，浙江古籍出版社1992年3月版，第10页。

后记（2001年版）

收集在这本小书中的10篇论文，是我研究苏轼的微小成果。

1964年8月，我在北京大学中文系毕业，曾经在很短的一段时间内做过文艺理论和当代文学研究。1978年10月，我考上了中国社会科学院研究生院文学系的研究生，在导师吴世昌先生和张白山先生的指导下研究唐宋诗词。在3年研究生学习期间，完成了硕士学位论文《苏轼山水诗研究》，并撰写了几篇探讨苏轼诗歌美学思想和苏轼诗歌艺术的文章。1981年研究生毕业后，我被分配到中国社会科学院文学研究所古代室工作。由于参加"中国文学通史系列"中的《唐代文学史》的编写，也由于长期同家属两地分居，以及后来调到《文学遗产》做编辑工作，我的苏轼研究中断了整整10年。近几年来，由于家庭生活比较安定，我在从事编辑工作之余，能够写出一些研究唐宋诗歌的专著和论文，但其中只有三篇是论苏轼的，这就是排在本书末尾的《论苏轼诗塑造人物形象的艺术》《论东坡词写景造境的艺术》，以及《论东坡哲理词》。

  我喜爱苏轼，喜爱他博大精深的思想和学识，喜爱他在坎坷人生经历中磨炼成的高尚人格精神和富有魅力的文化性格，喜爱他的审美的人生态度，更喜爱他那些才华横溢、潇洒超旷、意境深远、饶有智者机趣与人生妙悟的诗词文赋作品。在我的心目中，苏轼是一位文化巨人，他所创造的文化世界，就好像一个波澜浩渺、壮阔深邃的大海，蕴藏着无数的奇珍瑰宝，有待于我们沉潜其中，以自己的勇敢、智慧去采取。研究苏轼，是对研究者的思想情操、人格胸襟、学识气魄、审美悟性的全面挑战。我自知学问的根底不深，故而只能从自己感兴趣的美学和艺术的角度切入，紧紧联系苏轼的人生经历、思想感情、创作心态及其文艺见解，去探索和揭示苏轼诗词创作的艺术。我的研究成果既少，学术水平也不够高，同苏轼诗词高度的思想艺术成就及其价值、意义很不相称，同已经取得了卓越成绩的苏轼研究同行们相比，也有不小的差距。我已经进入了人生的深秋季节。今后，在继续做好本职的编辑工作的前提下，应当珍惜宝贵的光阴，刻苦钻研，努力写出有新意有深度的苏轼研究论著。

  著名学者、苏轼研究专家王水照先生在百忙中挤出时间阅读了我的书稿，并欣然为我撰写序文，给予我很大的鼓励。在此，我谨表示深深的谢意。论文中有错误不当之处，盼请专家和读者指正。

陶文鹏

2000 年 8 月 20 日

中国社会科学院文学研究所